Ellie Mattes

Finja und Fairy

Der Zauber des Vergessens

Band 1

Mit Illustrationen von
Alina Brost

SCHNEIDERBUCH

3. Auflage 2024
Originalausgabe

Valentinskamp 24 · 20354 Hamburg
info@harpercollins.de

Dieses Werk wurde vermittelt durch
Literaturagentur Beate Riess
Einband- und Innenillustrationen: Alina Brost
Umschlaggestaltung: Frauke Schneider
Gesetzt aus der Optima im Verlag
Druck und Bindung: Print Best
Printed in Estonia · ISBN 978-3-505-15124-8

www.schneiderbuch.de
Facebook: facebook.de/schneiderbuch
Instagram: @schneiderbuchverlag

Klimaneutral
Druckprodukt
ClimatePartner.com/15109-2009-1001

FSC
www.fsc.org
MIX
Papier | Fördert gute Waldnutzung
FSC® C129413

Inhalt

Klingel-klangel-kling

Finja starrte auf das Häuschen am Waldrand. Das sollte ihr neues Zuhause sein? Es hatte ein schiefes Dach und kleine Fenster. Die Eingangstür war mal rot gewesen. Doch jetzt blätterte die Farbe ab, und das sah traurig aus.

Ihre Mutter hingegen strahlte über das ganze Gesicht. »Ist das Häuschen nicht wunderhübsch?«, trällerte sie. »Früher habe ich meine Ferien immer bei Tante Margret verbracht. Es war die schönste Zeit meines Lebens. Alles in Merryford wirkt so verwunschen.«

»Eher altmodisch«, grummelte Finja. »Und hier sollen wir wohnen?«

»Ach, Liebes«, sagte Mama und schenkte Finja ein aufmunterndes Lächeln. »Gib dem Waldhaus zumindest eine Chance. Du hast doch so viel Fantasie.

Stell es dir *hübsch* vor, dann wird das auch!«

Diese Bruchbude? Vergiss es, dachte Finja und schüttelte ihre honigblonden Locken. Sie hatte zwar tatsächlich viel Fantasie – doch die war ihr schon häufig zum Verhängnis geworden. Wie oft hatten ihre Mitschüler sie deswegen ausgelacht?

Finja sah nun mal die tollsten Dinge, die für andere bloß normal waren. Dabei sah die Wolke über ihnen doch wirklich wie ein Schwan aus. Die bröckelige Farbe der Eingangstür ging locker als feuerroter Drachenpopo durch. Der alte Baum links vom Waldhaus hatte ein Grinsegesicht in der Rinde, und die wilden Blumen vor ihnen legten gerade einen flotten Stepptanz in der Sonne hin.

Finja kicherte bei dem Anblick. So sah das Waldhaus wirklich gar nicht mehr schlimm aus. Dann jedoch kniff sie die Augen zu, und der Schwan, der Drache, der Grinsebaum und die tanzenden Blumen verschwanden. Denn Finja hatte

sich etwas vorgenommen: Wenn sie schon umziehen mussten, dann richtig! Ab jetzt sollte alles *ganz normal* werden. Ohne Tagträumereien, die sie in der Schule bloß in Schwierigkeiten gebracht hatten. Wegen ihnen gab es auch nicht viele Freunde, die Finja vermissen würde. Und dennoch spürte sie einen Klumpen im Magen, als sie an ihr altes Zuhause zurückdachte.

Tröstend legte Mama einen Arm um sie. »Ich weiß, dass das alles schwer ist für dich. Aber ich bin mir sicher, dass es dir mit der Zeit hier gefallen wird. Außerdem braucht Tante Margret uns jetzt, das weißt du doch!«

Finja seufzte. Das mit Tante Margret war noch so eine Sache!

Finja hatte sie erst ein einziges Mal gesehen. Aber da war sie noch ein Baby gewesen, also zählte das überhaupt nicht. Sie kannte Mamas Tante bloß aus ihren Geschichten. Und jetzt sollten sie alle drei zusammen hier unter einem Dach wohnen, weil Tante Margret seit einiger Zeit ziemlich vergesslich wurde. Deshalb hatte Mama auch beschlossen hierherzuziehen, um ihr zu helfen.

Das war zwar sehr nett von ihr. Doch insgeheim fragte Finja sich, ob das auch gut gehen würde. Was war, wenn Tante Margret total schrullig war? Um nicht zu sagen, plemplem?

Als hätte Mama Finjas trübe Gedanken erraten, ging sie zum Auto und kam mit einer Schachtel wieder. »Nicht alles ist neu hier«, versuchte sie Finja aufzuheitern. »Sieh mal, das habe ich aus unserer alten Wohnung mitgebracht. Ich dachte, du willst es vielleicht gleich haben. Der Umzugswagen mit den Möbeln kommt ja erst morgen.«

Finja öffnete den Karton, und ihr Windspiel kam zum Vorschein. Es war ein Geschenk von Tante Margret. Damals bei ihrem einzigen Besuch war Finja so fasziniert davon gewesen, dass Tante Margret es ihr einfach geschenkt hatte. Seitdem hatte das Windspiel immer über ihrem Bett gehangen. Und wenn die kleine Fee die bronzefarbenen Röhren tanzen ließ, kriegte Finja davon jedes Mal gute Laune. Auch jetzt. *Klingel-klangel-kling* machte es, als Finja es aus der Schachtel hob. Dabei schoben sich die schönsten Bilder in ihren Kopf. Und schwupp – schon ging es ihr besser.

»Danke«, sagte sie erleichtert und blickte zum Waldhaus. »Ob Tante Margret sich an das Windspiel erinnert?«

»Das werden wir gleich herausfinden«, antwortete Mama lachend. »Komm, wir begrüßen sie!«

Ihre Mutter hatte recht. Alles hier wirkte wirklich verwunschen. Die alten Dielen im Waldhaus knarrten bei jedem Schritt, und an den Wänden hingen geheimnisvolle Bilder. Ein einladender Duft lag in der Luft.

»Tante Margret!« Begeistert stürmte Mama in die Küche. »Du hast Plätzchen gebacken? Die esse ich so gerne!«

»Weiß ich doch«, sagte Tante Margret und schloss sie herzlich in die Arme, ehe sie sich Finja zuwandte. »Und du bist also Finja«, sagte sie und schenkte ihr ein ebenso warmes Lächeln. »Bist ganz schön groß geworden seit deinem letzten Besuch hier.«

Finja nickte erleichtert. Tante Margret wirkte ganz normal! Gar nicht plemplem. Ihr weißes Haar war zu einem ordentlichen Knoten gebunden. Und ihre Augen blitzten freundlich mit ihrem blauen Kleid um die Wette, genau wie Mama es immer erzählt hatte. Da kam ihr Tante Margret gar nicht mehr so fremd vor.

»Hallo«, sagte Finja und ließ sich ebenfalls umarmen. Dann nahmen sie Platz, während Tante Margret Tee und Plätzchen servierte.

Mama redete wie ein Wasserfall, Tante Margret kicherte, und Finja hörte einfach zu.

Es war schön, mit den beiden in der Küche zu sitzen. Es fühlte sich jetzt schon vertraut an. Vielleicht war es ja doch nicht so übel hier, überlegte Finja, während sie in ein Plätzchen biss. Und dann spuckte sie es in hohem Bogen wieder aus. »Igitt!«

»Finja, was soll denn das?«, schimpfte Mama.

»Die Plätzchen«, murmelte sie verlegen. »Sie schmecken so komisch …«

»Komisch?« Tante Margret runzelte die Stirn. Dann biss sie selbst von einem Keks ab, und auch ihr

Gesicht verzog sich. »Oh, du liebe Güte«, rief sie. »Die sind ja ungenießbar! Nur, wieso …« Dann verstummte sie, ehe sie kleinlaut hinzufügte: »Herrje, ich habe wohl den Zucker vergessen. So etwas passiert mir in letzter Zeit ständig …«

»Das macht doch nichts«, versuchte Mama sie zu trösten. »Jetzt sind wir ja da. Die Kekse schmeißen wir einfach weg.«

»Es wäre aber schade drum«, protestierte Tante Margret. »Da sind lauter gesunde Sachen drin. Hafer, Äpfel, Leinsamen … Vielleicht mag Finja sie ja stattdessen zu Hank rüberbringen.«

»Mister Hank?«, rief Mama überrascht. »Den gibt's noch?«

»Wer ist denn das?«, fragte Finja neugierig.

Ihre Mutter lachte. »Einer der Gründe, warum die Ferien hier immer so toll waren. Mister Hank ist der Besitzer der Abalonfarm. Bestimmt wird es dir dort genauso gut gefallen wie mir damals.«

»Vorausgesetzt, du magst Pferde«, fügte Tante Margret schmunzelnd hinzu.

»Hier gibt's Pferde?« Mit einem Schlag war Finjas letzter trüber Gedanke wie weggeblasen.

Erst recht, als Tante Margret antwortete: »Ja, gleich hinter dem Wäldchen führt ein Weg zur Abalonfarm. Du kannst ihn gar nicht verfehlen. Schau dich ruhig um, wenn du willst. Und nimm die Kekse mit. Da habe ich heute wohl aus Versehen Pferdeleckerlis gebacken.«

Das ließ Finja sich nicht zweimal sagen. Schließlich hatte sie schon immer davon geträumt, eines Tages auf einem Pferd zu reiten. In der Stadt war das aber nicht möglich gewesen. Ob sich das jetzt änderte, weil sie aufs Land gezogen waren?

Bei dem Gedanken wurde sie ganz kribbelig. Hastig schnappte sie sich die Dose und sauste damit los.

Das goldene Pferd

Die Abalonfarm sah genauso aus wie das Pferdezuhause aus Finjas Träumen. Die Wiesen waren von weißen Zäunen umgeben. Darauf grasten unzählige Pferde in der Nachmittagssonne. Auch der Besitzer wirkte total nett.

Als Finja sich bei Mister Hank vorstellte und ihm die Keksdose überreichte, fragte er freundlich: »Du wohnst jetzt also bei Margret im Waldhaus? Ich hoffe, du magst Pferde?«

»Und wie!« Finja nickte. »Ich wollte schon immer Reiten lernen.«

»Dann bist du hier genau richtig«, sagte Mister Hank lachend. »Wenn du willst, unterrichte ich dich. Im Gegenzug könntest du mir mit den Pferden helfen. Arbeit gibt es hier immer.«

Finja jubelte. Überglücklich folgte sie dem Hofbesitzer. Dabei ratterten ihre Gedanken ganz schön durcheinander. Wurde ihr Traum vom Reiten etwa so schnell Wirklichkeit? Dafür brauchte sie bloß auf dem Hof mit anzupacken? Das machte sie gern. Hauptsache, sie war bei den Pferden!

Sie passte gut auf, was Mister Hank ihr erklärte. Auf keinen Fall wollte sie es vermasseln. Bloß keine Tagträumereien mehr, ermahnte sie sich selbst.

Bald war Fütterungszeit, erklärte Mister Hank. Dafür mussten sie die Pferde von der Weide holen. Sie gingen die Stallgasse entlang. Links und rechts befanden sich die Pferdeboxen. Alle waren leer. Bis auf eine.

Im Vorübergehen spähte Finja in die Box. Dabei fing ihr Herz wild an zu pochen. In der Ecke der Box stand nämlich das mit Abstand schönste Pferd, das sie jemals gesehen hatte. Es war beinahe golden!

Finja staunte, doch im nächsten Moment schüttelte

sie den Kopf. Goldene Pferde gab es doch gar nicht. Das musste schon wieder einer ihrer doofen Tagträume sein. Na, toll, dachte sie grummelnd. Ihr Vorsatz hatte ja nicht sehr lange gehalten. Oder war das Pferd etwa doch echt? Zumindest sah es sehr lebendig aus. Das musste sie genauer wissen. Wie von selbst steuerten Finjas Beine auf die Box zu.

»Halt!«, rief Mister Hank hinter ihr. »Dieses Pferd ist gefährlich. Es stand neulich einfach bei uns auf der Koppel. Doch niemand in Merryford scheint es zu vermissen.«

»Es ist wunderschön«, hauchte Finja, als sie durch die Gitterstäbe linste. Sein Fell war zwar voller Stroh und Mist, dennoch schimmerte es darunter golden. Das Beste aber war, dass Finja sich das Pferd nicht eingebildet hatte. Als sich ihre Blicke zufällig trafen, wirkte es quietschlebendig. Und traurig.

»Oje«, murmelte Finja. »Es fühlt sich so einsam hier.«

Sie hatte keine Ahnung, woher sie das so plötzlich wusste. Doch sie spürte die Einsamkeit des goldenen Pferdes, als wäre es ihre eigene.

»Ich könnte es sauber machen«, schlug sie vor. »Ich glaube, dem Pferd würde das gefallen. Dann ist es nicht so alleine.«

Doch Mister Hank schüttelte den Kopf. »Lieber nicht. Es ist nicht besonders freundlich zu Menschen.«

»Wie heißt es denn?«, wollte Finja wissen.

»Das weiß ich nicht«, antwortete er. »Ich wollte es Goldi nennen. Wegen seiner Fellfarbe. Aber irgendwie passt der Name nicht zu ihm.«

»Er ist ja auch kein Goldfisch«, sagte Finja und kicherte.

»Stimmt.« Mister Hank schmunzelte ebenfalls. »Hast du vielleicht eine Idee?«

Oh, dachte Finja. Ideen hatte sie immer. Das war überhaupt kein Problem. Sie sah auf das goldene Pferd, und sofort schoss ihr ein Name durch den Kopf.

»Fairy«, sagte sie ganz selbstverständlich.

»Klar, weil er so märchenhaft aussieht.« Mister Hank nickte anerkennend.

Auch das goldene Pferd schien mit seinem Namen

einverstanden zu sein. Es spitzte die Ohren und kam einen Schritt näher.

Finja strahlte, dann jedoch legte sich ihre Stirn in Falten. »Aber ist das nicht seltsam? Niemand vermisst Fairy! Wenn mein Pferd weggelaufen wäre, würde mir das doch sofort auffallen.«

»Mir auch«, bestätigte Mister Hank. »Außerdem ist Fairy ein besonderes Pferd, wegen seiner Fellfarbe. Man nennt solche Pferde Goldpalominos. Sie sind sehr selten. Bestimmt wird sich bald jemand melden. Bis dahin bleibt er bei uns. Wir können ihn ja nicht einfach auf die Straße setzen.«

»Armer Fairy«, seufzte Finja und streckte die Hand nach ihm aus.

»Hast du nicht zugehört?«, schimpfte Mister Hank. »Fairy beißt dich, wenn du nicht aufpasst! Er ist wirklich gefährlich. Geh lieber einen Schritt beiseite, bevor noch etwas geschieht. Daran wirst du dich gewöhnen müssen, wenn du mit Pferden arbeiten willst. Nicht jedes ist von sich aus freundlich oder an Menschen gewöhnt.«

Doch Fairy wirkte jetzt gar nicht mehr so ablehnend. Er kam sogar noch einen Schritt näher und schnupperte neugierig an den Gitterstäben. Genau dort, wo sich Finjas Hand befand. Dabei wirkte er ganz lieb und zahm.

»Na, so was«, rief Mister Hank erstaunt. »Dich scheint er zu mögen. Bei mir legt er nur die Ohren an.«

Finja strahlte. »Ich mag ihn auch.«

»Dann solltest du ihn doch putzen. Er kann einen Striegel vertragen.« Mister Hank holte eine Putzkiste und band Fairy mit einem Strick fest. Er zeigte Finja, wie man ein Pferd richtig sauber machte.

Nachdem er ihr eine Weile zugesehen hatte, sagte er: »Den Rest schaffst du ohne mich. Ich bin dort drüben bei den anderen Pferden, falls du mich brauchst.«

Nun war Finja mit Fairy allein. Wie schön dieses Gefühl war! Aber auch ganz schön aufregend. Ihr Herz klopfte stürmisch. Und noch viel mehr vor Glück! Es war, als würde das Windspiel für sie singen. Sogar ihre Haut kribbelte. Doch Fairy war echt. Er war kein Tagtraum. Als Finja sein goldenes Fell streichelte, fühlte es sich warm an.

Fairy senkte den Kopf. Finjas Berührungen schienen ihm zu gefallen. Also bürstete sie weiter sein Fell, wie

Mister Hank es erklärt hatte. Dann war die Mähne dran. Und zum Schluss kämmte sie seinen goldblonden Schweif.

Es dauerte nicht lange und Fairy strahlte so hell wie die Sonne am Himmel draußen vor dem Scheunentor. Seine Augen schienen Finja ganz genau zu mustern, als wollten sie sagen: »Wir zwei könnten Freunde sein. Dann sind wir beide nicht so allein.«

»Abgemacht«, raunte sie. Es mochte albern sein zu glauben, dass Fairy sie verstand. Er war schließlich ein Pferd und kein Mensch wie sie. Doch das war Finja

schnuppe. Sie glaubte nun mal gern an schöne Dinge, auch wenn sie nicht ganz der Wirklichkeit entsprachen. Und hier war sie ohnehin allein. Niemand würde hören, wenn sie mit Fairy plauderte.

»Wenn ich mit dir quatschen will, dann tue ich das einfach.« Sie kicherte.

Fairy schnaubte zur Antwort. Und das klang, als würde er sagen: »Kluge Entscheidung.«

Da musste Finja lachen. »Du verstehst mich ja wirklich! Wie schön, dass ich hier schon einen Freund gefunden habe.«

»Freu dich lieber nicht zu früh«, ertönte plötzlich eine Stimme, und ein Mädchen steckte den Kopf zur Box herein. »Er wird nicht lange hierbleiben.«

»Vielleicht ja doch«, antwortete Finja und schenkte dem fremden Mädchen ein freundliches Lächeln. »Reitest du hier?«

Das Mädchen nickte. »Ja, schon ewig.«

»Wie cool!« Finja seufzte. »Ich bin heute zum ersten Mal auf einem Reiterhof.«

Überrascht hob das Mädchen die Augenbrauen. »Und dann lässt dich Mister Hank an den Goldpalomino ran? Ich dachte, er ist so schwierig.«

»Bei mir ist er ganz lieb«, meinte Finja und streichelte Fairys Hals. »Vielleicht darf ich ihn ja sogar reiten!«

»Träum weiter.« Das Mädchen lachte. »Du weißt doch nicht mal, ob er an einen Sattel gewöhnt ist.«

»Ach so.« Finja nickte. Daran hatte sie nicht gedacht. »Ich muss wohl noch viel lernen«, gestand sie.

»So war das bei mir am Anfang auch«, meinte das Mädchen etwas versöhnlicher. »Ich bin übrigens Ruby. Und wer bist du?«

»Finja«, antwortete sie und erzählte, dass sie von nun an bei Tante Margret wohnen würde. Im Haus gleich hinter dem Wäldchen.

Da verfinsterte sich Rubys Gesicht. »Oje, ich hoffe, du hältst es mit ihr aus?«

»Wieso?«, fragte Finja verdattert. »Was meinst du?«

Ruby räusperte sich verlegen. »Na ja, in Merryford erzählen sich die Leute komische Dinge über sie. Miss Margret soll nicht ganz normal sein.«

Als Ruby das behauptete, fühlte Finja sich augenblicklich in ihre alte Klasse zurückversetzt. Wie oft hatten ihre Mitschüler dasselbe über sie gesagt? Dabei konnte Tante Margret nichts dafür. Sie war schließlich

krank. Demenz nannte man das, hatte Mama ihr erklärt. Bestimmt verhielt Tante Margret sich deshalb manchmal etwas neben der Spur. Sie deswegen als *nicht normal* abzustempeln war ganz schön fies. Wütend reckte Finja den Kopf. Doch dann erinnerte sie sich, dass sie noch vor ein paar Stunden ebenso gedacht hatte, und sie begriff, dass Ruby es womöglich gar nicht so böse meinte.

»Sie ist vergesslich, aber sonst sehr nett«, versuchte Finja ihr zu erklären.

Ruby aber zuckte bloß mit den Schultern. »Wie du meinst«, sagte sie und ging davon, um Mister Hank mit den Pferden zu helfen.

Nachdenklich blickte Finja dem Mädchen hinterher. Irgendwie hatte sie das Gefühl, dass Ruby nicht besonders scharf darauf war, mit der Großnichte von der schrulligen Miss Margret befreundet zu sein.

Wie gut, dass sie nun Fairy hatte. Als Finja sich ihm wieder zuwandte, pustete er ihr tröstend ins Gesicht. Und das klang, als würde er schnauben: »Das wird schon werden! Hauptsache, wir beide sind zusammen.«

Der Ausritt

Zum Glück waren Sommerferien. So konnte Finja jeden Tag auf der Abalonfarm verbringen, wo sie sich bald wie zu Hause fühlte. Im Waldhaus hingegen war das noch nicht ganz der Fall. Tante Margrets Krankheit stellte sich nämlich als ziemlich tückisch heraus.

An einem Tag war sie total lieb und backte Früchtekuchen. Am nächsten Tag jedoch wusste sie nicht einmal, wer Finja war. Stattdessen erzählte sie seltsame Dinge über seltsame Wesen, die es nur in ihrem Kopf gab. Und auf den Bildern an den Wänden, die sie gemalt hatte. Tante Margret hatte also genauso viel Fantasie wie Finja, bloß dass sie damit nicht mehr zurechtkam.

Trotzdem gefiel es Finja in Merryford von Tag zu Tag besser. Was hauptsächlich an Fairy lag. Und daran, dass sich sein Besitzer glücklicherweise noch nicht gemeldet hatte. Wenn es nach Finja ging, konnte das gern so bleiben.

Von Mister Hank lernte sie eine Menge. Wie man Fairy striegelte. Wie man ihn sattelte. Wie man seine Box säuberte. Das Beste aber waren die Reitstunden.

Mister Hank stellte sich als geduldiger Reitlehrer heraus. Und Fairy als absolutes Traumpferd. Viele Kinder aus Merryford kamen, um auf der Abalonfarm Reitstunden zu nehmen. Auch Finja liebte den Unterricht. Vor allem, weil sie jedes Mal auf Fairy reiten durfte. Nur sie. Sonst niemand. Bei allen anderen Kindern war Fairy nämlich weiterhin richtig bockig. Nur bei ihr nicht. Da war er das liebste Pferd der Welt.

Das machte viele auf dem Reiterhof ganz schön neidisch. Besonders Ruby. Sie ritt schon lange bei Mister Hank und war eine gute Reiterin. Eigentlich die beste auf dem Hof. Doch genau das war das Problem.

»Kann ich nicht auch mal Fairy kriegen, Mister Hank?«, fragte Ruby eines Nachmittags. »Ich reite doch viel besser als Finja!«

Sie alle hatten gleich Reitunterricht und waren dabei, ihre Pferde herzurichten. Auch Finja. Deshalb hörte sie jedes Wort, das Ruby über sie sagte.

»Das ist schon richtig«, antwortete Mister Hank. »Du reitest wirklich gut. Aber in diesem Fall wird dir das nicht weiterhelfen. Fairy will eben nur von Finja betreut werden. Nicht einmal mich lässt er gerne ran. Manchmal ist das eben so.«

»So ein Quatsch«, murrte Ruby. »Das liegt bloß daran, dass Fairy keine Manieren hat.« Sie pfefferte die Mähnenbürste in ihre Putztasche und ging mit schnellen Schritten auf Fairy zu.

»Das würde ich lieber sein lassen«, warnte Finja das ehrgeizige Mädchen. Fairy legte schon bedrohlich die Ohren an.

Doch Ruby war von sich so überzeugt, dass sie Finjas Warnung einfach überging. Beherzt griff sie nach Fairys Halfter.

Der Goldpalomino aber war schneller. Sein Kopf schoss wie eine Rakete in die Höhe, und sein Körper bäumte sich auf. Dabei ruderten die Vorderhufe gefährlich nahe vor Rubys Nase.

Erschrocken wich das Mädchen zurück. »Der ist ja lebensgefährlich!«, schimpfte sie.

»Ist er nicht. Bloß etwas Besonderes.« Schützend stellte Finja sich vor Fairy. Das schien ihn zu beruhigen. Schon wurde er wieder lammfromm. So, als wäre nie etwas passiert.

»Tja«, sagte Mister Hank zu Ruby, »jetzt weißt du, warum du ihn nicht reitest. Am besten ist, du lässt Fairy einfach in Ruhe. Das gilt für euch alle.« Er blickte zu den anderen Reitschülern. Die glotzten Finja und Fairy an, als wären sie Außerirdische. Manche von ihnen wichen sogar vor ihnen zurück.

»Jetzt aber wieder an die Arbeit«, ermahnte Mister Hank die starrende Menge. »Immerhin wollen wir heute noch ausreiten, oder etwa nicht?«

Als der Hofbesitzer das gesagt hatte, verflog die bleierne Stille und alle murmelten aufgeregt durcheinander.

»Wir gehen ausreiten?«

»Wow, wie toll!«

»Reiten wir zum Muschelstrand?«

»Oder durch den alten Wald?

»Ich liebe Ausreiten!«

»Ich auch!«

Finja war ebenso

begeistert. Es war das erste Mal, dass sie mit ins Gelände gehen durfte. Das Galoppieren auf dem Reitplatz fiel ihr von Tag zu Tag leichter. Was daran lag, dass Fairys Galopp einfach traumhaft war. Weich und wiegend. Wie der Schaukelstuhl, in dem Tante Margret so gerne vor dem Waldhaus saß. Doch das behielt Finja besser für sich. Ruby sah sie auch so schon verächtlich genug an. Dabei hatte Finja ihr gar nichts getan! Sie konnte nur hoffen, dass sie im Herbst nicht in die gleiche Klasse kamen. Ruby schien zu der Sorte Mädchen zu gehören, die immer am besten sein wollten. Doch darüber zerbrach Finja sich jetzt nicht weiter den Kopf. Noch waren Sommerferien, und gleich begann ihr erster Ausritt mit Fairy. Der würde bestimmt ganz fantastisch werden!

Gut gelaunt sattelte sie also ihren goldenen Freund, und dann ging es auch schon los.

Mister Hank ritt voran und führte die Gruppe in den Wald. Von Weitem sah Finja Tante Margrets Waldhaus. Mama stand im Garten und hängte die Wäsche auf. Tante Margret saß wie immer in ihrem Schaukelstuhl auf der Veranda. Dann führte der Weg sie bergauf. Weg vom Hof. Und weg vom Waldhaus. Hinein in eine wilde Landschaft, die Finja zum Staunen brachte.

Das muss der alte Wald sein, dachte sie ehrfürchtig und blickte auf die Bäume, dessen Stämme so dick waren wie Elefanten.

Sie ritten nun hintereinander, denn der Weg wurde immer schmaler. Finja ritt mit Fairy als Letzte. Keines der Kinder schien große Lust zu haben, mit ihr zu quatschen. Alle taten so, als wären die zwei gar nicht dabei. Doch das störte Finja im Moment wenig. So konnte sie sich wenigstens in Ruhe umschauen. Hier sah alles fast wie in einem Traum aus. Die knorrigen Bäume und das milchige Sonnenlicht, das durch die Blätter fiel. Der Wind rauschte in den Baumkronen, als würde das Meer darin toben. Mit jedem Schritt wurde es lauter. Bis der Wald sich lüftete und Finja erkannte, woher dieses Rauschen kam.

»Da ist ja ein Wasserfall!«, rief sie. »Wie schön!«

»Das ist der Wasserfall der Nixen«, erklärte Mister Hank und zwinkerte den Kindern über die Schulter zu. »Alte Legenden erzählen, dass darin die Nixen baden. Sie können ganz schön sauer werden, wenn man sie stört. Wir lassen sie besser in Ruhe. Nicht, dass sie euch noch einen Bart anhexen oder mir eine Wallemähne.« Er lachte fröhlich und lenkte sein Pferd weiter.

Auch Finja kicherte. »Wenn man sich hier umsieht, könnte man das sofort glauben. Alles wirkt so geheimnisvoll.«

»Quatsch!«, antwortete Ruby. »Das sind bloß doofe Märchen für kleine Kinder! Du glaubst das doch nicht wirklich?«

Finja antwortete nicht. Ruby hätte es ohnehin nicht verstanden. Für sie mochte es ein ganz normaler Wasserfall sein. Für Finja jedoch sah er aus wie ein magischer Ort.

Er war von gigantischen Felsen umgeben, die sich zu einem hohen Bogen formten. Wie ein geheimes Tor, in das man bloß den Schlüssel zu stecken brauchte, um hindurchreiten zu kö…

»Was tust du denn da?« Unerwartet drängte sich Mister Hanks Stimme in Finjas Gedanken. »Bleib bitte in der Reihe, Finja!«

Verflixt, jetzt war es doch passiert! Sie hatte einen ihrer Tagträume, der sie glatt vergessen ließ, was um sie herum passierte. Es war jedes Mal dasselbe. Auch jetzt. Finja war gar nicht aufgefallen, dass Fairy in der Zwischenzeit schnurstracks auf den Wasserfall zugesteuert war.

Rasch zog sie an den Zügeln. Doch Fairy dachte nicht daran, zur Gruppe zurückzukehren. Ganz im Gegenteil: Das goldene Pferd beschleunigte seine Schritte und wirkte mit einem Mal ganz aufgedreht.

»Komm zurück«, rief Mister Hank. »Beim Wasserfall gibt es sumpfige Stellen. Ihr könntet versinken.«

»Ich versuche es ja«, rief Finja verzweifelt. »Aber Fairy reagiert nicht.«

Der Hofbesitzer wollte ihr zu Hilfe eilen. Er lenkte sein Pferd ebenfalls zum Wasserfall.

Doch Fairy schien den Plan zu durchschauen. Plötzlich sprang er in den Galopp und flitzte davon. Mit Finja auf dem Rücken.

»War ja klar, dass sie nicht mit ihm zurechtkommt«, hörte Finja Ruby noch stänkern. Dann bog Fairy auch schon um die Ecke, und Mister Hank und der Rest der Reitgruppe waren hinterm Dickicht nicht mehr zu sehen.

Fairy folgte einem Weg, den Finja bisher gar nicht gesehen hatte. Er befand sich zwischen den Felsen. Gut versteckt vor den Blicken derjenigen, die nicht eingeweiht waren. So wirkte es zumindest. Denn Fairy zögerte kein bisschen, als die Felsen links und rechts von ihnen immer enger wurden. Sie waren nun so dicht am Wasserfall, dass Finja den Sprühregen auf ihren Wangen spürte. Auch der Felsenbogen kam erschreckend nah. Wenn Fairy nicht bald abbremste, würden sie gegen ihn knallen. Zumindest klatschnass werden.

Krampfhaft hielt Finja sich an seiner Mähne fest. Ein weiteres Mal versuchte sie, ihren goldenen Freund zum Stehen zu bewegen.

»Ho, Fairy, bleib stehen!«, bettelte sie. Doch es war zwecklos. Die Felsen waren unmittelbar vor ihnen.

Finja presste die Augen zu und war auf das Schlimmste gefasst … Doch nichts geschah! Fairy galoppierte einfach weiter, als wären hier gar keine Felsen. War er etwa umgekehrt? Überrascht öffnete Finja die Augen wieder. In diesem Moment erhellte ein bunter Blitz alles um sie herum, und sein farbiges Licht ließ die Felsen verschwinden. Einfach so, wie durch Zauberei! Dabei spürte Finja eine seltsame Schwerlosigkeit in den Beinen, als würde sie schweben. Verdutzt drehte sie sich im Sattel um. Das Letzte, was sie sah, war die Welt, die sich hinter ihnen in Luft auflöste.

Im Reich von Isella

Vor Finja erstreckten sich mit einem Mal grüne Hügel bis ins Unendliche. Der Himmel strahlte in einem herrlichen Meerblau. Langfedrige Vögel zogen ihre Kreise wie Fische im Ozean, und das sah wunderschön aus. Dann aber blinzelte sie überrascht. Waren das wirklich Inseln, die über ihr in der Luft zu schweben schienen? Silbern glitzerndes Wasser rauschte von ihnen herunter. Eine der fliegenden Inseln befand sich sogar genau über dem Wasserfall, und das sah unglaublich märchenhaft aus. Als würde der Wasserfall bis zu den Wolken reichen.

»Wo sind wir hier?«, staunte Finja und war froh, dass Fairy endlich sein Tempo verringerte. Er ging nun im Schritt. Und wieder hatte sie den Eindruck, als wüsste er genau, wo er war. »Und wo sind die anderen? Wir sollten zurück!«

»Das hat noch Zeit«, antwortete eine Stimme aus dem Nichts, und Finja zuckte zusammen. Die Stimme klang ganz nah! Hier war aber niemand! Wer sprach also mit ihr?

»Bin ich schon so verwirrt wie Tante Margret?« Finja stöhnte.

»Keine Sorge«, antwortete die Stimme. »Du bildest dir das nicht ein. Das hier ist echt. Ich habe dich bloß in meine Heimat gebracht, das ist alles.«

Und mit einem Mal hatte Finja eine Ahnung, wer da mit ihr redete.

»Fairy?!«, rief sie. »Du kannst sprechen? Das ist ja unglaublich!«

Der Goldpalomino drehte seinen schönen Kopf zu ihr nach hinten und sah sie mit klugen Augen an. »Ist es nicht genauso unglaublich, dass du mich verstehst?«, fragte er schnaubend.

Ja, das war es vielleicht wirklich, dachte Finja. Doch es war keine Antwort darauf, was hier gerade passierte. »Wo sind wir?«

Fairy schien zu überlegen. »Seltsam, ich weiß es nicht«, antwortete er verdutzt. »Ich weiß nur, dass das hier meine Heimat ist und ich dich hierherbringen soll.

Das war mir in dem Moment klar, als wir zum Perlentor geritten sind. Sonst kann ich mich an nichts erinnern.«

Finja runzelte die Stirn. Wieso denn das?, dachte sie. Und was war das Perlentor? Meinte Fairy damit den Wasserfall? Die vielen Wassertropfen hatten in der Sonne tatsächlich wie kleine Perlen geschimmert.

»Oh«, machte der Goldpalomino und unterbrach Finjas ratternde Gedanken. »Da kommt jemand. Das ist gut! Er weiß vielleicht mehr.«

Neugierig reckte Finja den Kopf. Auf einem der grasgrünen Hügel kam ihnen ein knallbuntes Etwas entgegen. Es hatte vier kurze Beine, zwei himmelblaue Wackelohren und einen himbeerfarbenen Rüssel. Das kringelige Schwänzchen war pfirsichfarben. Seine Borsten waren ein wilder Mischmasch aus Regenbogenfarben.

Bei dem Anblick musste Finja grinsen. So fröhlich

sah das Etwas aus. Wie ein Wildschwein, das in einen Farbtopf gefallen war.

»Hallöchen«, grunzte das farbenfrohe Etwas, als es vor ihnen zum Stehen kam. Dabei streckte es keck den himbeerfarbenen Rüssel in die Höhe und strahlte Finja und Fairy von einem Wackelohr zum anderen an. »Wie schön, dass ihr endlich da seid. Ich hatte die Hoffnung beinahe aufgegeben. Habt euch ganz schön Zeit gelassen, ihr beiden!«

»Du hast auf uns gewartet?«, rief Finja verdutzt. »Wieso?«

»Das ist eine kluge Frage«, trällerte das bunte Etwas. »Und kluge Fragen verlangen nach einer klugen Antwort. Doch vorher stelle ich mich zuerst einmal vor. Ich bin Wulli, das Wildschön!«, erklärte es feierlich und machte eine plumpe Verbeugung, bei der die himmelblauen Wackelohren nach vorn klappten. Das sah aus, als würden sie flattern. Finja kicherte. *Wulli, das Wildschön!* Der Name passte wirklich gut zu dem Geschöpf. Einen besseren hätte sie sich auch nicht für ihn ausdenken können.

Als Wulli sie erwartungsvoll anblickte, antwortete Finja rasch: »Ach so. Ich bin Finja! Und das ist Fairy!« Sie strich ihrem goldenen Freund über die Mähne.

»Grunziwunz! Du hast ihm aber einen schönen Namen gegeben. Gut gemacht!«, lobte das Wildschön.

Jetzt staunte Finja noch mehr. »Wieso weißt du, dass der Name von mir ist?«

»Ist doch klar!«, grunzte Wulli unter seinen Wackelohren, die immer noch etwas flatterten. »Nur mit seinem richtigen Namen konnte Fairy zurück nach Isella.«

»So heißt es hier?« Finja zeigte auf die grünen Hügel und auf die fliegenden Inseln.

Das Wildschön nickte. »Ja, du bist in Isella. Im Land der Fantasie.«

»Im Land der Fantasie«, wiederholte Finja verblüfft. »Hier ist es wirklich fantastisch schön.«

»Das liegt an der Fantasie, die hier herrscht«, grunzte Wulli stolz. Doch dann bekamen seine Augen einen traurigen Glanz. »Isella ist

in Gefahr. Ein böser Zauber hat unser Reich erfasst. Alle Bewohner sind davon betroffen.«

»Was macht denn dieser Zauber?«, fragte Finja vorsichtig.

»Er lässt sie vergessen, wer sie wirklich sind«, antwortete das Wildschön leise.

»Ach, deshalb kann ich mich nicht mehr erinnern«, schnaubte Fairy. »Mich hat dieser Zauber erwischt.«

»Alle in Isella hat dasselbe Schicksal getroffen«, bestätigte Wulli. »Du allein aber hast es rechtzeitig durch den Wasserfall geschafft, um Hilfe zu holen. Und die ist dringend nötig«, fügte er mit eindringlicher Stimme hinzu. »Wenn Isellas Bewohner nämlich nicht mehr wissen, wer sie sind, wissen sie auch nicht, was ihre Aufgabe ist. Isella kann jedoch nur so traumhaft schön bleiben, wenn alle Wesen ihre magischen Fähigkeiten ausleben. Wir sind wie ein riesengroßes Puzzle. Jeder Bewohner ist ein Teil davon. Und die Fantasie ist es, die uns zusammenhält.«

»Das klingt einleuchtend«, sagte Finja nickend. »Doch was hat das mit mir zu tun?«

»Eine ganze Menge!«, grunzte Wulli aufgeregt. »Auch du hast eine besondere Gabe!«

»Ich?!« Vor Staunen riss Finja die Augen auf. »Das wäre mir längst aufgefallen. Ich kann bestimmt nicht zaubern.«

»Oh, ich denke doch«, quiekte Wulli vergnügt. »Vielleicht nicht so, wie du vermutest. Es ist eine andere Art von Magie, die du beherrschst. Sie liegt in deiner eigenen Fantasie.«

»Schön wär's«, seufzte Finja.

»Nein, Wulli hat recht«, schnaubte Fairy und drehte hastig den Kopf zu Finja. »Erst durch dich konnte ich mich erinnern, dass Isella Hilfe braucht. Du hast mich von dem Zauber befreit, indem du mir einen Namen gegeben hast. Meinen Namen! Wenn das keine Magie ist …«

»Ach, das«, murmelte Finja und rutschte von seinem Rücken. »Das war doch eine Kleinigkeit. Keine Magie!«

»Für dich vielleicht«, sagte ihr goldener Freund. »Doch nicht jeder hat so viel Fantasie. Oder muss ich dich an Goldi erinnern?!«

Er gluckste schnaubend, und Finja stimmte in sein Lachen mit ein. Doch nur kurz, dann stöhnte sie. »Diese Gabe hat mich aber schon oft in Schwierigkeiten gebracht. In Merryford wollte ich eigentlich keine Probleme mehr damit haben …« Sie dachte an Ruby, die in diesem Augenblick bestimmt über sie lästerte. Irgendwo hinter dem Wasserfall, wo die anderen garantiert längst alles nach ihnen absuchten. Sie würde großen Ärger mit Mister Hank kriegen, wenn sie nicht auf der Stelle zurückritten. Es war an der Zeit, den Tagtraum zu beenden. Etwas anderes konnte das hier auch gar nicht sein. Sprechende Pferde und bunte Wildschöne – so etwas gab es nur in der Fantasie!

In Wirklichkeit befanden sie sich immer noch auf dem Ausritt. Und nicht in einem Land namens Isella, das sich hinter dem Nixenwasserfall verbarg. Um das zu beweisen, kraulte Finja Wulli kurzerhand den Bauch. Ihre Tagträume waren nämlich noch nie kitzelig gewesen. Doch was passierte hier?

»I-kitze-kitze-kitzelig«, quietschte das Wildschön und schüttelte sich vor Lachen. Dabei löste sich ein feiner Schimmer aus seinen Borsten, der sich zuerst um das Wildschön legte. Dann auch um Finja und Fairy. Das sah aus, als würden sie mit Wulli in einer bunten Seifenblase schweben. Alles um sie herum schimmerte regenbogenfarben.

Bei dem Anblick wurde Finja ganz schwummrig. Auch Fairy schielte unter seiner goldenen Mähne. Und dann passierte schon wieder etwas Seltsames. Die Seifenblase zerplatzte, und im nächsten Moment befanden sie sich nicht mehr bei den grünen Hügeln, sondern in einer ziemlich gemütlich eingerichteten Erdhöhle.

»Was war das denn gerade?«, keuchte Finja überrascht. »So etwas ist mir in einem Tagtraum noch nie passiert.«

»Irgendwie musste ich dir ja beweisen, dass das hier eben kein Tagtraum ist. Also habe ich gezaubert«, erklärte Wulli entschuldigend und trottete zu einem Tisch, der sich in der Mitte der Erdhöhle befand. Ein Teppich schmückte den Boden. In einer Ecke befand sich ein großes Bett, das voll mit weichem Laub war. In einer anderen Ecke lagerten haufenweise Früchte, die Bonibanis hießen.

Moment mal, dachte Finja und schüttelte verwirrt den Kopf. Woher wusste sie, was das für Früchte waren?! Sie hatte das krumme Obst noch nie gesehen. Es hatte zwar die Form von Bananen, aber seine Schale glänzte perlmuttfarben.

Fairy hingegen schien die Bonibanis sehr wohl zu kennen. »Kann ich eine haben? Die sind so lecker!«, bettelte er und roch gierig in Richtung der Obstkisten.

»Bedien dich«, meinte Wulli großzügig und

schnappte sich ebenfalls eine Bonibani. Als er mit dem Rüssel geschickt die Schale abzog, staunte Finja noch mehr. Das weiche Innere war nämlich nicht gelb. Nein, es schillerte!

»Du solltest auch eine verdrücken«, riet Wulli, als Finja noch immer in seine Richtung starrte. »Bonibanis sind unglaublich wohlschmeckend! Das dort sind vermutlich die letzten in Isella. Jetzt, wo alle vergessen, dass es sie gibt, werden sie wohl auch nicht mehr wachsen.« Er schniefte geräuschvoll, ehe er seine Minizähnchen in das Fruchtfleisch der Bonibani versenkte und genüsslich losschmatzte.

Finja riss die Augen auf. »Moment mal!«, rief sie. »Müsstest du nicht auch deinen Namen vergessen haben?!«

»Stimmt«, schnaubte Fairy verdutzt und legte die Ohren an. »Wieso weißt du so viel und wir anderen nicht?!«

»Weil ich nun mal Wulli bin«, nuschelte das Wildschön verlegen. »Wir Wildschöne haben magische Borsten. Die habt ihr bereits kennengelernt. Mit ihnen kann ich nicht nur zaubern. Sie haben mich auch vor dem Zauber beschützt.«

»Ach so«, sagte Finja. Das klang logisch. Wullis Zauberborsten hatten sich vorhin beim Kitzeln tatsächlich wie ein Panzer angefühlt. Aber warum unternahm er nicht selbst etwas gegen den Zauber?

»Wenn du deine Erinnerung noch hast, wieso sagst du den anderen nicht einfach, was los ist?«, fragte sie.

»Weil ich es nicht kann«, antwortete Wulli aufrichtig. »So viel Macht besitze ich nicht. Das kann nur eine Gardiella tun.«

»Wer ist denn das schon wieder?«, wollte Finja wissen.

Da begann Wulli, breit zu grinsen. »Grunziwunz! Na, du bist eine«, sagte er.

Die neue Gardiella

Finja sah das bunte Wildschön mit großen Augen an. »Ich soll … was sein?«, hauchte sie.

»Eine Gardiella«, grunzte Wulli. »Du kannst aber auch Weltenbauerin dazu sagen. Ihre – also deine – Fantasie ist so mächtig, dass sie – also du – damit Welten entstehen lassen kann. Unsere Welt! Verstehst du?«

»Kein bisschen!«, gab Finja zu. Denn es war schwer zu glauben, dass ihre Ideen so etwas vermochten. Viel wahrscheinlicher war doch, dass ihr Kopf ihr einen mächtigen Streich spielte. »Bestimmt sind wir eben doch gegen die Felsen beim Wasserfall geknallt«, murmelte sie mehr zu sich selbst. »Und jetzt fantasiere ich. Wenn ich nicht bald zu Hause bin, kriege ich außerdem mächtig Ärger.«

»Ach, wenn es nur das ist«, grunzte Wulli unbeeindruckt. »Darüber musst du dir keine Sorgen machen.

Während du in Isella bist, vergeht in deiner Welt nicht mal der Bruchteil einer Sekunde. Sie werden nicht merken, dass du weg bist. Das ist schon immer so gewesen.«

»Wie?« Verdutzt hielt Finja inne. »Es hat schon mal eine Gardiella gegeben? Und sie kam aus meiner Welt? War sie ein Mensch? Wie ich?« Bei dem Gedanken wurde ihr ziemlich kribbelig zumute. »Wo ist sie?«

»Wenn ich das wüsste.« Wulli seufzte. »Sie kommt einfach nicht mehr.«

»Vielleicht ist ja der Zauber daran schuld«, gab Fairy zu bedenken. »Wer in Isella könnte so etwas wollen?«

»Keine Ahnung«, grunzte das Wildschön ratlos. »Doch wenn nicht bald etwas geschieht, wird Isella verschwinden. Und niemand kann es je wieder zurückbringen. Unser Zuhause ist dann für immer verloren.«

Für immer verloren …

Unheilvoll klangen Wullis Worte in Finjas Kopf nach und hinterließen ein unangenehmes Kribbeln auf ihrer Haut. Was, wenn das doch kein Tagtraum war?, dachte sie verunsichert. Fairy war schließlich auch echt! Ihn hatte sie sich kein bisschen eingebildet. Sonst hätten Mister Hank, Ruby und die anderen ihn wohl kaum sehen können. Und Finja nicht auf ihm reiten. Bedeutete das nicht zugleich, dass Isella genauso lebendig sein musste? Ja, warum eigentlich nicht?

Vielleicht war es die ganze Zeit über ja andersrum, und die anderen konnten nicht sehen, was sie sehr wohl sah …

Wenn das so war, dachte Finja, dann war das hier gerade ziemlich schlimm. Für Wulli, und genauso für Fairy. Gerade erst hatte ihr goldener Freund seine Heimat wiedergefunden, und schon würde er sie erneut verlieren. Bloß weil sie zu stur war, daran zu glauben, dass das Wildschön vielleicht doch die Wahrheit sprach. Was war denn so abwegig daran, dass Fantasie so viel Macht besaß? Und dann schob sich noch ein weiterer Gedanke in Finjas Kopf: Was war, wenn Isella dadurch tatsächlich im Vergessen verschwand? Bedeutete das nicht, dass auch Fairy verschwinden würde?

Der Gedanke war so grauenvoll, dass Finja fröstelte. Das durfte auf keinen Fall passieren! Sie brauchte Fairy! Ohne ihn würde sie in Merryford kein bisschen glücklich werden!

»Also gut!« Kampfbereit reckte sie das Kinn. »Mal angenommen, ich bin wirklich eine Gardiella, wie du behauptest. Was ist meine Aufgabe?«

»Ich wusste, dass du uns nicht im Stich lassen würdest«, wieherte Fairy erleichtert. »Als ich dich zum ersten Mal gesehen habe, habe ich gleich gespürt, dass du etwas Besonderes bist.«

»Ich fühle mich gar nicht so besonders«, murmelte Finja unsicher. »Aber für euch werde ich es versuchen. Ich hoffe nur, dass ich nicht gegen böse Zauberer kämpfen muss.«

»Und wenn, dann hast du uns an deiner Seite«, antwortete Fairy und stellte sich ebenso kampfbereit hin.

»Keine Sorge«, grunzte Wulli. »Du bist die Weltenbauerin, die Gardiella. Durch deine Fantasie hast du die Macht, alles zu verändern.«

»Nur wie?« Finja schüttelte die honigblonden Locken. »Ich habe keine Ahnung, wie ich das anstellen soll.«

»Genau so, wie du es mit Fairy gemacht hast«,

antwortete Wulli und wuselte zur Tür. »Komm mit! Es ist leicht, du wirst schon sehen.«

Also folgte Finja dem Wildschön. Draußen stieg sie wieder auf Fairys Rücken. Von dort hatte sie einfach den besten Überblick. Außerdem fühlte sie sich auf seinem Rücken so sicher wie nirgendwo sonst. Wer wusste schon, woher dieser Zauber kam? So konnten sie zumindest schnell abhauen, falls der Bösewicht auftauchte, der für das Vergessen in Isella verantwortlich war. Wenn Finja daran dachte, wurde ihr ganz schön mulmig zumute. Gleichzeitig war es schwer vorstellbar, dass es in Isella so etwas Böses geben sollte. Hier wirkte alles total märchenhaft und magisch. Nicht nur die langfedrigen Vögel am meerblauen Himmel. Auch die Sonne schien goldener zu sein. Die Bäume größer. Die Geräusche geheimnisvoller. Mal ganz abgesehen von den fliegenden Inseln.

Sie durchritten die wundersamste Landschaft, während Wulli ihnen vorauslief. Sein pfirsichfarbener Ringelschwanz wippte lustig hin und her, und mit jedem Schritt staunte Finja mehr. Es gab Bäume, die türkisfarbene Blätter hatten, und Steine mit Gesicht. Doch die Bewohner, von denen Wulli gesprochen hatte, trafen sie nicht.

Sie ritten schon eine Weile durch Isellas Fantasielandschaft, aber niemand hatte sich bis jetzt blicken lassen. Ob sie durch das Vergessen einfach verschwanden? Finja konnte nur hoffen, dass sie nicht zu spät kamen!

Fairy drehte seinen goldenen Kopf in alle Richtungen. Auch er schien Ausschau zu halten.

»Du suchst nach deiner Familie, stimmt's?«, fragte Finja, obwohl sie die Antwort darauf längst kannte. Zu deutlich spürte sie seine aufgeregt tänzelnden Schritte. Das konnte nur bedeuten, dass er sich an etwas erinnerte.

»Ich glaube, sie sind nicht weit von hier«, schnaubte Fairy und blähte die Nüstern. »Wenn wir sie finden, kannst du ihnen genauso helfen, wie du mir geholfen hast. Ich will nicht, dass sie verschwinden.«

Finja nickte wissend. Obwohl ihre Mutter immer für sie da war, sah es mit ihrem Vater völlig anders aus. Er hatte sich vor Jahren von Mama getrennt und bald darauf eine neue Familie gegründet. Seitdem sah Finja ihren Vater nur an Weihnachten. Und manchmal an ihrem Geburtstag. Sie wusste also genau, wie es sich anfühlte, einen Teil seiner Familie zu verlieren.

»Ich gebe mein Bestes«, versprach sie Fairy deshalb und ließ ihre Worte tapfer klingen.

Doch genauso, wie Finja Fairys Gefühle spürte, spürte der Goldpalomino auch ihre. »Glaube an deine Fantasie«, sprach er ihr Mut zu. »Dann schaffst du das ganz bestimmt!«

»Und wenn nicht?« Es war schließlich eine verdammt große Verantwortung, die sie als Gardiella trug. Ob sie der überhaupt gewachsen war? Was war, wenn sie versagte? Sie hatte zwar viel Fantasie. Aber was, wenn diese gar nicht so machtvoll war, wie Wulli sich das vorstellte?

»Vielleicht ist es besser, wenn wir erst mal die alte Gardiella suchen«, schlug Finja vor. »Mit ihrem Verschwinden hat schließlich alles angefangen. Sie weiß bestimmt, was zu tun ist.«

»Das habe ich schon versucht«, rief Wulli, der ihr Gespräch mitbekommen hatte. »Ich habe ganz Isella

nach ihr abgesucht. Sie ist nicht hier. Das kann nur eines bedeuten: Sie ist in deiner Welt, nicht in unserer. Sie kann uns nicht helfen.«

Kaum hatte er das gesagt, stieg Finja ein betörender Duft in die Nase. Es roch so gut, dass sie Fairy bat, stehen zu bleiben. Und dann entdeckte sie die Blumen.

»Wo kommen die denn plötzlich her?«, rief Finja und kletterte von Fairys Rücken. Sie hätte schwören können, dass die Blumen eben noch nicht hier gewesen waren. Jetzt aber bildeten sie eine Art schützenden Kreis um sie.

Vom Duft angelockt, beugte Finja sich zu einer der Blumen hinunter. Sie sah wie ein lilafarbenes Glöckchen aus. Innen drin jedoch war sie pomponförmig und von einem zarten Weißrosa. Der Duft wurde nun so intensiv, dass Finja seufzte.

»Ups«, grunzte Wulli und trippelte zur Seite, um nicht auf die Blumen zu treten. »Die habe ich gar nicht gesehen.«

Dieses Blumenmeer? Verdutzt schüttelte Finja den Kopf. Das ging doch gar nicht. Zu zauberhaft waren sie, um sie zu übersehen. »Wie heißen sie denn?«, fragte sie.

»Keine Ahnung«, antwortete Wulli. »So etwas weiß nur eine Gardiella.«

Jetzt war Finja wirklich verwirrt. »Also, das verstehe ich nicht!«, rief sie. »Du weißt so viel, wieso das nicht?«

»Weil wir Wildschöne nun mal so sind«, gab Wulli zu. »Wir mögen zwar zaubern können, aber das auch nur, wenn es die Sache unbedingt verlangt. Sonst leben wir ein eher beschauliches Leben. Hauptsache, es gibt genügend Bonibanis. Alles andere ist uns die meiste Zeit grunzegal. Ich wüsste also im Traum nicht, wie diese Blumen heißen. Es wäre etwas anderes, wenn man sie fressen könnte …«

Und da begriff Finja: Wulli war durch seine Borsten vom Vergessenszauber verschont geblieben. Aber sonst war er eher wie Ruby und die anderen Kinder, die einfach nicht den Blick für das Besondere hatten. Für die kleinen und großen Wunder um sie herum, die täglich geschahen.

Finja aber hatte ihn, diesen Blick. Oder diese Gabe, wie Wulli es nannte. Jetzt wollte sie auch dran glauben. Und das nur dank dieser wundersamen Blumen. Zärtlich strich sie über einen der Blütenköpfe und sagte: »Ich weiß, wie sie heißen. Es sind Wanderblumen.«

Sobald Finja ihren Namen aussprach, begann die Blume, ihr Köpfchen zu drehen, und eine herrliche Melodie entströmte aus ihrem Inneren. Bei der nächsten Blume passierte dasselbe. Und bei der übernächsten … Ein ganzes Meer aus Wanderblumen sang plötzlich. Und zwar genau die Melodie, die auch das Windspiel immer für Finja spielte. Einen Moment lang fühlte Finja sich davon ganz unbeschwert. Wulli und Fairy schien es genauso zu gehen. In ihren Augen lag dieselbe Zuversicht, die auch von Finja Besitz ergriffen hatte.

»Wie schön«, schnaubte Fairy und beugte den Kopf zu den klingenden Wanderblumen hinunter. »Sie singen für uns. Aber wieso heißen sie dann nicht Singblumen?«

Finja lächelte versonnen. Die Antwort stand ihr so klar vor Augen, dass es keinen Zweifel mehr gab. Sie war wirklich eine Gardiella, und ihre Fantasie musste mächtiger sein als gedacht. Zumindest hier in Isella.

»Weil sie nicht nur singen können«, erklärte sie, und nun wusste sie auch, dass sie sich nicht getäuscht

hatte. Die Wanderblumen waren tatsächlich vorhin noch nicht da gewesen. Vielmehr waren sie gekommen, als sie sie dringend benötigten. »Sie können auch wandern. Überall dorthin, wo jemand Trost und Zuversicht braucht. Dann singen sie ihr Lied für ihn.«

»Wie für uns!«, rief Wulli überrascht, und eine kleine Träne der Rührung glitzerte in seinen Augen. »Das habe ich nicht gewusst. Jetzt aber schon! Und das nur durch dich! Grunziwunz! Das hast du wirklich gut gemacht, liebe Gardiella!«

Wer lauscht denn da?

Finja, Fairy und Wulli waren derart versunken in den Gesang der Wanderblumen, dass sie das Rascheln erst gar nicht bemerkten. Als Fairys Kopf jedoch in die Höhe schoss, drehte sich auch Finja um. Und dabei sah sie in ein Paar erdbraune Augen, die mit unzähligen Sonnensprenkeln übersät waren. Als würde die Sonne darin scheinen.

»Huch!«, machte sie und wich zurück.

Auch die Sonnenaugen weiteten sich. Zuerst ängstlich, dann interessiert. »Woher kommen die Blumen? Und wie hast du es geschafft, dass sie singen?«, fragten sie. Oder vielmehr fragte das der Junge, zu dem die Sonnenaugen gehörten. Denn als sich der erste Schreck gelegt hatte, erkannte Finja, dass es ein Junge war, der vor ihr stand. Er hatte wie sie menschliche Gestalt. Sonst aber sah er völlig anders aus.

Sein Haar war grasgrün, und die Farbe seiner Haut erinnerte sie an hellbraune Erde.

Auch seine Kleidung war anders. Während Finja beige Reithosen und ein pinkes T-Shirt trug, steckten die Beine des Jungen in knielangen Hosen. Das Wams, das er anhatte, sah alt und geheimnisvoll aus.

»Sag mir«, drängte er und trat einen Schritt näher, »wie hast du das gemacht?« Er zeigte auf die Wanderblumen, die immer noch sangen. Jetzt aber mehr für den grünhaarigen Jungen. Finja bemerkte denselben Blick in seinen Sonnenaugen, der ihr eben auch bei Fairy und Wulli aufgefallen war.

»Ich habe nur ihren Namen gesagt«, erklärte sie. »Sonst nichts.«

Überrascht fuhr der Junge herum. »Du weißt, wie sie heißen?«

»Ja, es sind Wanderblumen. Sie wachsen dort, wo sie gebraucht werden. Ihre Melodie schenkt Hoffnung. Aber das spürst du bestimmt längst selbst.« Finja kicherte nervös. »Jedenfalls war es bei mir so«, fügte sie hastig hinzu, weil sie nicht den Eindruck erwecken wollte, besserwisserisch zu sein.

Der Junge sah nämlich nett aus. Wenn auch anders. Doch mit Sicherheit dachte er ebenso über sie. Und tatsächlich musterte er sie von oben bis unten, ehe er fragte: »Wer bist du?«

»Ich bin Finja. Und wie heißt du?«

Der Junge legte den Kopf schief. Da bemerkte sie, dass die Haare des Jungen nicht nur grasgrün waren – sie waren wirklich aus Gras!

»Keine Ahnung«, antwortete er und blickte verloren an sich hinunter.

»Da hast du Glück, dass du uns gefunden hast«, grunzte Wulli vergnügt und nickte zu Finja. »Sie kann dir nämlich deinen Namen verraten!«

»Du weißt auch meinen Namen?!« Verblüfft starrte der Junge sie an. »Dann sag ihn mir bitte!«

»Hmmm«, überlegte Finja, und ihr Magen hüpfte nervös. Wie in der Schule, wenn sie in Mathe an die Tafel gerufen wurde. Gut, dass die Wanderblumen noch sangen. Der Gedanke, dass ihre Fantasie so mächtig war, fühlte sich immer noch fremd an. Etwas Hoffnung und Zuversicht konnten also nicht schaden. Durch den Gesang der Wanderblumen fiel es Finja auf einmal ganz leicht.

»Ich finde, du siehst aus wie …« Sie überlegte noch einen Moment, ehe sie rief: »Ja, klar! Du bist Eliwynokapuroson. Aber alle nennen dich bloß Eli«, fügte sie kichernd hinzu.

»Eli?«, wiederholte der Junge unsicher. Doch kaum hatte er seinen Namen ausgesprochen, sprossen für einen Moment zarte Blümchen aus dem Gras auf seinem Kopf. Und das sah aus, als würde sich Elis Haar zu Locken kringeln.

»Oh«, grunzte Wulli begeistert. »Voll ins Schwarze getroffen!«

»Ich bin wirklich Eli«, rief der Junge, und dann war es, als würde er aus einer Art Starre erwachen. Übermütig sprang er über die Wiese. Dort, wo er auftrat, schossen Blumen in die Höhe. Bald war die ganze Wiese voll von ihnen. Das lockte Insekten an und auch Schmetterlinge, die so groß waren wie Amseln.

»Unglaublich«, hauchte Fairy beeindruckt.

»Ja, das sind sie, die Wiesenelfen«,

antwortete Finja wie selbstverständlich. »Er bringt das Leben auf die Wiese zurück. Mit seinem Tanz kitzelt er die Blumen aus der Erde. Und die Pflanzen. Bestimmt auch Bonibanis.«

»Oh«, machte Wulli, und seine Wackelohren stellten sich steil nach oben. »Dann hat er ja eine der wichtigsten Aufgaben in Isella!«

»Klar, dass du das sagst. So verfressen, wie du bist«, zog Fairy das Wildschön auf, und beide lachten.

Wie schön das war!

Alle fühlten sich glücklich. Und das nur, weil Finja ihre Fantasie spielen ließ. In ihrer Welt war das sonst ja immer andersrum!

Überwältigt von diesem

Gefühl sah Finja dem Jungen zu, wie er als Nächstes auf den einzigen Baum zuging, der auf der Wiese wuchs.

Der Baum war ihr vorhin schon aufgefallen, weil er so mächtig aussah. Inmitten der vielen Blumen wirkte er noch beeindruckender. Da entdeckte sie, dass der Baum eigentlich aus zwei Bäumen bestand. Irgendwann mussten sie zu einem einzigen, riesigen Laubbaum zusammengewachsen sein. Wäre in der Mitte der beiden Stämme nicht ein Fels eingeschlossen, so groß wie eine Tischplatte, hätte Finja das vielleicht gar nicht bemerkt. So ähnlich sahen sich die beiden Bäume.

Eli berührte mit dem Zeigefinger gerade eines der Blätter, und der Baum fing an, sich zu strecken. Als hätte Eli ihn aus dem Schlaf gekitzelt. Er streckte seine Äste in alle Richtungen und wurde nun doppelt so groß. Dabei sprossen die Blätter, und seine Krone wurde zu einer gigantischen sattgrünen Kugel. Und sah die Felsplatte dazwischen nicht wie ein übergroßes Herz aus? Als wäre der Baum die Mitte der Welt und das Herz von Isella.

Der Mittenbaum, dachte Finja. Das war sein Name … Doch ehe sie ihn laut aussprechen konnte, riss Wullis

ungeduldiges Grunzen sie aus ihren traumschönen Gedanken.

»Eli«, rief das Wildschön über die Wiese. »Kannst du auch Bonibanis wachsen lassen?«

»Kann ich das?«, fragte Eli und sah Finja fragend an.

»Ich glaube, du kannst alles wachsen lassen, wenn du willst«, antwortete sie lachend, während sie auf den gewaltigen Baum hinter ihm zeigte. »Du bist schließlich ein Wiesenelf.«

Da wurde Elis Gesicht mit einem Mal kreidebleich. »Meine Familie«, rief er erschrocken. »Sie sind ebenfalls in Gefahr! Auch sie haben vergessen, wer sie sind.« Er warf Finja einen flehenden Blick zu. »Wir müssen zu ihnen, bevor es zu spät ist.«

Fairys Mähne schimmerte golden in der Sonne, als er als Erster antwortete: »Keine Sorge! Wenn du uns sagst, wo wir sie finden, machen wir uns sofort auf den Weg. Stimmt's, meine kleine, große Gardiella?« Er stupste Finja zärtlich an.

»Das machen wir sogar sehr gerne«, antwortete sie. Und dabei merkte sie, dass es genau so war. Es war ein gutes Gefühl, jemandem seine Bestimmung zurückzugeben.

Außerdem war Finja nun selbst noch viel neugieriger auf Isella geworden. Hier roch alles nach einem fantastischen Abenteuer – und das wollte sie sich auf keinen Fall entgehen lassen!

»Auch wenn es noch ziemlich ungewohnt für mich ist«, fügte sie hinzu. »In meiner Welt findet meine Fantasie ja sonst keiner toll …«

Elis Sonnenaugen blitzten überrascht auf. »Du bist nicht von hier?«

»Nein«, antwortete sie. Und während sie sich auf den Weg machten, begann Finja zu erzählen.

Dieses Mal kletterte sie aber nicht auf Fairys Rücken. Eli hätte sonst neben ihr zu Fuß gehen müssen. Das fand sie irgendwie ungerecht. Vor allem, weil sie vorhin seinen Blick bemerkt hatte. Eli hatte Fairy ziemlich angehimmelt. Der Wiesenelf wäre mit Sicherheit selbst gern auf Fairys Rücken geklettert. Doch Finjas Bauch sagte ihr, dass Fairy nur sie darauf duldete. Sonst niemanden. Daher ging sie nun einfach neben Eli her und führte Fairy am langen Zügel. Wulli lief ihnen schwanzwackelnd voraus.

»Bist du dir sicher?«, fragte Eli, nachdem Finja ihm alles erzählt hatte, was sie bisher herausgefunden hatten. »Ein böser Zauberer ist daran schuld?«

»Anders lässt es sich nicht erklären«, grunzte Wulli, weil das Wildschön nun mal am besten von ihnen darüber Bescheid wusste. »Allen Bewohnern geht es gleich. Nur Fairy ist es gelungen, rechtzeitig Hilfe zu holen.«

»Durch das Perlentor«, ergänzte der Goldpalomino. »Meine Erinnerung verlor ich dennoch. Seitdem Finja mir aber meinen Namen zurückgegeben hat, kommen sie langsam wieder. Oh, wie jetzt gerade …« Erstaunt riss er den Kopf hoch.

Als Finja in dieselbe Richtung blickte, sah sie eine Gruppe von Pferden. Sie grasten auf einer Lichtung. Eines war schöner als das andere.

»Ich glaube, das ist deine Familie«, flüsterte sie.

Die Wächterpferde

»Sie sehen mir gar nicht ähnlich«, schnaubte Fairy überrascht.

Das stimmte. Und mehr noch: Keines der vier Pferde glich dem anderen.

Da war ein weißes Pferd. Sein Fell war so rein, dass es wie durchsichtig schien. Dazu der schlanke Körper, als könnte es fliegen. Federleicht, dachte Finja.

Daneben graste ein braunes Pferd. Sein Fell schimmerte in der Sonne wie frisches Herbstlaub. Sein Köper und seine Beine waren stämmig, als wären sie mit der Erde verwachsen. Stark, dachte sie.

Weiter hinten stand ein fuchsfarbenes Pferd. Seine Mähne leuchtete hell wie Feuer. Seine Augen wirkten temperamentvoll. Feurig, fiel Finja dazu ein.

Und dann war da noch das graue Pferd, dessen Fell

wie Sternenlicht schimmerte. Es war fast silbern und hatte die meiste Ähnlichkeit mit Fairy. Dennoch strahlte es etwas Kühles aus. Und etwas Fließendes, was auch an seiner unglaublichen Mähne lag. Sie sah aus wie ein Wasserfall.

Kaum hatte Finja das gedacht, hob das Silberpferd den Kopf und sah zu ihr herüber.

Die anderen Pferde schauten jetzt ebenso, und Fairy stieß ein lautes Wiehern aus. Die vier Pferde verharrten einen Moment lang, ehe sie zurückwieherten. Und dann gab es für Fairy kein Halten mehr. Er preschte los, doch Finja hatte die Zügel noch in der Hand. Beinahe wurde sie von ihm mitgerissen.

»Warte!«, rief sie und befreite ihren Freund von Sattel und Zaumzeug. »Das ist hier nicht nötig.«

Erleichtert schüttelte Fairy sein goldenes Fell. »Den Sattel und das Zaumzeug habe ich wirklich nur dir zuliebe getragen. In Isella brauche ich das nicht. Du übrigens auch nicht«, fügte er augenzwinkernd hinzu, ehe er losstürmte.

Was dann geschah, ließ Finja staunen. Auch Eli riss die Augen auf. Und Wulli grunzte seufzend. So schön sah es aus!

Die fünf Pferde schienen auf der Lichtung miteinander zu tanzen. Auf königliche Weise. Sogar das braune Pferd mit dem stämmigen Körper bewegte sich äußerst elegant. Sie stoben auseinander und kamen wieder zusammen. Drehten sich um die eigene Achse und trabten gleich darauf in einer exakten Reihe. Dann hintereinander, später paarweise und wieder jedes für sich allein. Egal, was sie taten – alle ihre Bewegungen waren aufeinander abgestimmt. Wie bei einem Kaleidoskop. Es war nicht zu übersehen, dass diese fünf Pferde eine Einheit bildeten.

»Du hast recht«, raunte Eli. »Das muss Fairys Familie sein.«

Finja nickte. »Aber es steckt noch mehr dahinter.« Sie wusste nicht, wie sie es Eli erklären sollte. Da war einfach ein Bild im Kopf, wie das Erinnern an etwas. Vor allem, als die vier Pferde als Nächstes einen Kreis um Fairy bildeten.

Der Schimmel, der Braune, der Fuchs und der Silbergraue galoppierten um den Goldpalomino herum. Jeder auf seine Weise – also: federleicht. Kraftvoll. Feurig. Fließend. Und in der Mitte war Fairy mit seinem golden funkelnden Fell. Fantastisch und ebenso magisch sah er aus. Und da erkannte sie es.

»Elemente!«, rief Finja. »Feuer, Wasser, Luft und Erde. Und Fairy steht für die Fantasie, die alles zusammenhält.« Sie drehte sich zu Wulli. »Das hast du über Isella gesagt!«

»Jaaa, jetzt erkenne ich es auch!«, grunzte das Wildschön erstaunt.

»Dann ist das Braune dort das Erdenpferd?« Eli zeigte mit dem Finger auf die kräftige Stute.

Als Finja nickte, ging er zielstrebig los. Es schien, als würde die braune Stute ihn magisch anziehen. Finja folgte ihm zu den Pferden, die ihren Tanz beendet hatten.

»Ich spüre, dass das hier wichtig ist«, murmelte Fairy und sah Finja fragend an. »Aber ich kann mich nicht erinnern, was es zu bedeuten hat. Weißt du es?«

Da erzählte sie rasch, was sie herausgefunden hatten.

»Oh«, wieherte daraufhin der Weiße, der für die Luft stand. »Dann kann ich ja fliegen!« Und wirklich hob er ein Stück vom Boden ab, indem er sich einfach Flügel wachsen ließ.

»Und ich wache über das Feuer«, schnaubte der Rote, dessen Mähne im nächsten Moment zu knistern begann.

Doch das Silberpferd löschte das Feuer in einer einzigen fließenden Bewegung. »Denn ich beherrsche das Wasser«, schnaubte es erhaben und schüttelte seine Wasserfallmähne.

»Und ich stehe für die Erde ein«, brummelte die Braune und ließ wie zum Beweis ein Büschel Gras in die Höhe schießen.

Eli grinste und ließ ebenso ein Büschel wachsen.

»Nanu«, brummelte die Braune. »Wieso kannst du das?«

»Weil ich ein Wiesenelf bin«, erklärte Eli. »Wir sind auf dem Weg zu unserer Familie, um sie vor dem Zauber des Vergessens zu retten.«

»Dem Zauber des Vergessens?« Ratlos schauten sich die vier Pferde an. Wulli erklärte ihnen, was in Isella geschehen war. Und auch, dass es Fairy gelungen war, Hilfe durch das Perlentor zu holen.

»Ja, klar!«, rief Eli plötzlich. »Weil Fairys Element die Fantasie ist. Deshalb hat er es geschafft.«

»Du meinst, nur er allein kann durch den Wasserfall? Sonst niemand?«, überlegte Finja.

Der Wiesenelf zuckte mit den Schultern. »Und jemand anders mit genügend Fantasie. Wie du«, ergänzte er lächelnd.

Daraufhin blickten die fünf Pferde Finja erwartungsvoll an. Sie alle wollten ihren Namen zurückbekommen. Also konzentrierte Finja sich und ging von einem Pferd zum anderen. Jedem schaute sie dabei tief in die Augen und ließ ihre Gedanken fließen. Bei Fairy war das am leichtesten. Immerhin hatte er ja schon seinen Namen. Also begann sie mit ihm.

»Du bist Fairy«, sagte Finja zärtlich. »Du bist der Wächter über die Fantasie!«

Zu dem weißen Pferd sagte sie: »Du bist Lifri. Der Wächter über die Luft!«

»Finbar«, raunte sie dem Fuchs zu. »Du bist der Wächter über das Feuer!«

Dem silbergrauen Pferd sagte sie: »Meine Liebe, du bist Wandra. Die Wächterin über das Wasser.«

Nun blieb noch das braune Pferd übrig. Finja lächelte, als sie auf die gutmütige Stute zuging. »Du bist die Wächterin über die Erde, und dein Name ist Edda.«

Dann trat Finja einen Schritt zurück. »Eure Aufgabe ist es, Isella zu beschützen, indem ihr die Elemente im Gleichgewicht haltet.«

Und dann passierte genau das, was zuvor auch mit Eli passiert war. Die Wächterpferde schienen aus ihrer Erstarrung zu erwachen. Dabei schüttelten sie die Köpfe, dass ihre Mähnen im Wind flatterten.

»Kommt«, wieherte Finbar energisch, sobald er wieder wusste, wer er war. »Es ist unsere Aufgabe, Isella mit unseren Elementen zu beschützen. Daher schlage ich vor, dass wir uns sofort auf die Suche nach dem bösen Zauberer machen. Es soll ihm nicht gelingen, das Reich ins Vergessen zu stürzen. Seid ihr dabei?« Dabei stoben die Funken zornig unter seinen Hufen.

Wandra, Edda und Lifri nickten. Nur Fairy rührte sich nicht.

»Ich kann nicht«, murmelte er. »Ich will Finja nicht alleine lassen, während sie den Bewohnern hilft.«

Zum Glück verstanden die vier Wächterpferde das sofort. »Du hast recht, die Gardiella braucht dich. Und Isella braucht die Gardiella.«

»Dann lasst uns keine Zeit verlieren«, drängte Eli. »Wir müssen ins grüne Tal zu meiner Familie. Ich glaube, es ist nicht mehr weit von hier.«

»Das stimmt«, brummelte Edda, das Erdenpferd. »Bevor ich meine Erinnerung verlor, war ich dort. Ich wollte helfen, doch ich kam zu spät. Nichts wuchs mehr.«

»Auch keine Bonibanis?«, quiekte Wulli erschrocken.

Edda schüttelte ihre Herbstmähne. »Ich befürchte, der Zauber hat alles verschlungen.«

»Bitte«, rief Eli und sah Finja flehend an. »Du hast

so viel Fantasie – lasse sie wirken, auch wenn alles umsonst erscheint!«

»Ich weiß nicht, ob ich das kann«, antwortete Finja aufrichtig. »Aber ich werde es versuchen.« Mit einem Ruck schwang sie sich auf Fairys Rücken.

Auch Eli machte sich bereit, um loszulaufen.

Da wieherte Edda, das Erdenpferd: »Steig auf! Ich sehe vielleicht nicht schnell aus, bin es aber. Lifri, Finbar und Wandra schaffen es auch ohne mich, den Zauberer zu finden. Ich glaube, so kann ich mehr ausrichten.« Sie zwinkerte Eli zu, worauf er sich freudestrahlend auf Eddas breiten Rücken schwang.

»Und was ist mit mir?«, quiekte Wulli klagend. »Mit meinen kurzen Beinen kann ich niemals mit euch mithalten.«

»Du hast doch Magie«, erinnerte Finja ihn. »Zaubere dir einfach Flügel!«

Erstaunt riss Wulli die Augen auf. »Grunziwunz! Auf diese Idee bin ich ja noch nie gekommen! Mal sehen, ob es klappt.« Er schüttelte seine Wildschönborsten, bis sich der Glanz um ihn legte. Als die Seifenblase mit einem lauten *Plopp* zerplatzte, waren Wullis himmelblaue Wackelohren zu Flügeln gewachsen.

Schon hob das bunte Wildschön ab, indem es sie kräftig schlagen ließ.

»Mir nach«, grunzte Wulli stolz und düste los.

Da sprang Fairy ebenfalls in den Galopp, dicht gefolgt von Edda, deren Hufe über den Boden donnerten. Lifri, Finbar und Wandra machten sich ebenfalls auf den Weg. Doch während Finja mit Fairy der Sonne entgegengaloppierte, schlugen die drei restlichen Wächterpferde die entgegengesetzte Richtung ein.

Im grünen Tal

Mit jedem Galoppsprung wurde die Landschaft in Isella unheimlicher. Wo vorher noch grüne Wiesen und fliegende Inseln gewesen waren, sah Finja jetzt nichts als trockene Erde. Entweder war alles verdorrt oder von dornigem Gestrüpp überwuchert. Die Pflanzen, die Sträucher, sogar die Bäume. Noch dazu knallte die Sonne gnadenlos auf sie herunter. Finja konnte nur hoffen, dass das im grünen Tal anders war.

Als Edda und Fairy jedoch ihr Tempo verringerten und Wulli vor ihnen zu landen begann, begriff Finja, dass sie umsonst gehofft hatte. Sie befanden sich längst in Elis Heimat. Nur dass das grüne Tal nicht mehr grün war. Sondern dörrbraun. Wie traurig das aussah! Diese Ödnis, umringt von ebenso kahlen Bergen.

Von Elis Familie fehlte jede Spur. Eigentlich war überhaupt niemand hier. Keine Wiesenelfen. Keine langfedrigen Vögel. Nicht mal Schmetterlinge.

Als wäre es totes Land.

Bei dem Gedanken fröstelte Finja, obwohl es brennheiß war. Sie würde Eli nicht helfen können. Wie sollte sie seiner Familie die richtigen Namen geben, wenn sie gar nicht hier war? Blieb das

Volk der Wiesenelfen jedoch namenlos, würde der Zauber des Vergessens sie niemals freigeben. Eine ziemlich verzwickte Sache war das, dachte Finja stöhnend.

»Nein«, rief Eli, als er Finjas ratloses Gesicht bemerkte. »Gib nicht so schnell auf! Du bist meine einzige Hoffnung.«

»Aber was soll ich tun«, klagte sie, »wenn hier nichts und niemand ist. Kannst du dich denn überhaupt nicht erinnern?«

»Alles ist so verschwommen«, murmelte Eli zögernd.

»Bei mir auch«, gab Edda zu.

Verdutzt schüttelte Finja ihre honigblonden Locken. »Ich habe euch doch eure Namen zurückgegeben. Ihr müsstet eigentlich wissen ...«

»Das liegt an dem Zauber«, schnaubte Fairy. »Wir können uns nur an gewisse Dinge erinnern. Kleine Bruchstücke, mehr nicht. Es kommt bestimmt erst alles wieder ins Gleichgewicht, wenn der ganze Zauber aus Isella verbannt ist.«

»Dann gehen wir diesen blöden Zauberer eben suchen«, rief Eli und stemmte die Hände in die Hüften. »Und zwingen ihn, alles rückgängig zu machen!«

»Das übernehmen doch schon Lifri, Wandra und Finbar«, brummelte Edda.

Erstaunt wieherte Fairy. »Sie sind unterwegs. Ich spüre es ganz deutlich. Aber wie ist das möglich?«

»Wir Wächterpferde sind eben miteinander verbunden«, erklärte das Erdenpferd leichthin, als wäre es das Normalste der Welt.

»Dann tun wir nichts anderes, als hier zu warten?« Elis Sonnenaugen blitzten zornig auf. »Was ist, wenn die drei ihn nicht finden?«

Fairy schenkte Eli einen aufmunternden Stups. »Vielleicht sind wir schon näher am Ziel, als wir denken.«

»Bonibanis«, nuschelte Wulli plötzlich. Seine Ohren waren wieder auf Normalgröße geschrumpft. »Hier gibt es die besten Bonibanis. Auf großen Palmen mit roten Blättern.«

»Kannst du echt nur ans Futtern denken?«, schnaubte Fairy kopfschüttelnd.

»Wieso? Finja hat doch danach gefragt«, grunzte Wulli beleidigt. »Sie wollte, dass wir uns erinnern. Und meine Erinnerung ans grüne Tal sind nun mal Bonibanis. Weil sie nirgendwo so gut wachsen wie hier.«

»Und meine ist saftiges Gras. So weit das Pferdeauge reicht«, brummelte Edda seufzend. »Mit einem Fluss dazwischen, der immer genügend Wasser hat. Oft habe ich daraus getrunken«, fügte sie wehmütig hinzu. »Sein Wasser war immer herrlich kühl, weil es aus den Bergen kam.«

»Moment mal!« Finja strahlte Wulli an. »Das ist ja eine grandiose Idee! Mit euren Geschichten könnte es tatsächlich klappen! Bei Tante Margret war das ja auch so. Sie kannte ich nur aus Mamas Erinnerungen. Doch die waren immer so lebendig, wenn sie mir von ihr erzählte, dass mir Tante Margret dann gar nicht so fremd vorgekommen ist, als ich sie wirklich traf. Na ja, bis auf die Tage, wo sie selbst vergisst, wer sie ist«, fügte sie kleinlaut hinzu. »Wenn ich es nicht besser wüsste, könnte man meinen, Tante Margret stünde selbst unter einem Vergessenszauber.«

»Vielleicht ist das ja auch so«, warf Eli ein.

Finja seufzte. »Nein, bei ihr ist es eine Krankheit.«

»Dann ist es gut, dass wir diese Krankheit nicht haben«, grunzte Wulli. »Also, lasst uns erinnern!«

Und schon fing das Wildschön an, Finja bis ins kleinste Detail zu berichten, wie Bonibanibäume aussahen.

Auch Eli erzählte von den Dingen, an die er sich erinnerte, und Edda und Fairy ebenso.

Bald hatte Finja eine Ahnung davon, wie es hier ausgesehen haben musste, bevor die Wiesenelfen vergaßen, welche Bestimmung sie in Isella hatten. Das war nämlich der eigentliche Grund, warum es hier so trostlos war. Nicht der Vergessenszauber selbst hatte die Natur zerstört. Sondern die Wiesenelfen hatten vergessen, sich um die Natur zu kümmern – eben weil sie unter dem Zauber standen.

Wie gut also, dass nicht alle Wiesenelfen verschwunden waren. Einer von ihnen war ja hier, und daher schenkte Finja Eli ein breites Grinsen.

»Ein Glück, dass du ein Wiesenelf bist«, sagte sie kichernd. »Jetzt kannst du alles wieder wachsen lassen. Das ist schließlich deine Bestimmung.«

Doch Eli schüttelte den grasgrünen Kopf. »Das würde nichts bringen«, murmelte er düster. »Das Land ist viel zu trocken. Die Pflanzen würden sofort verdursten, nachdem ich sie aus der Erde gelockt habe.«

»Dann brauchen wir eben Wasser.« Entschlossen blickte Finja auf das ausgetrocknete Flussbett. Edda hatte vorhin so ausführlich davon geschwärmt, dass es für sie ein Leichtes war, sich den Fluss vorzustellen. Er würde ein breiter Fluss sein, dachte Finja verträumt. Mit ruhigem, klarem Wasser und grünen Ufern. Eine Entenfamilie würde darauf schwimmen, und irgendwo raschelte Schilfgras. Und schon wusste sie, wie er hieß.

»Wiesenwasser.« Finja hörte, wie Eli neben ihr den Atem anhielt. Auch Fairy und Wulli sagten kein Wort. Alle blickten gespannt auf das Flussbett. Doch nichts geschah. Kein Tropfen Wasser regte sich darin.

»Warum funktioniert es nicht?«, murmelte Eli verdutzt.

»Vielleicht sind unsere Erinnerungen einfach zu mickrig?«, überlegte Wulli.

»Nein, die sind toll«, versicherte Finja. »Ich sehe das Wiesenwasser deutlich vor mir. Doch irgendetwas hält es zurück.«

»Bestimmt dieser doofe Zauber schon wieder«, murrte Eli stocksauer.

»Nein, dieses Mal nicht«, antwortete Finja gedankenversunken. Und dann fiel es ihr wie Schuppen von den Augen. Manchmal lagen die Fantasie und die Wirklichkeit nämlich gar nicht so weit auseinander.

»Die Elemente sind aus dem Gleichgewicht geraten«, rief sie. »Wie bei einer Dürreperiode. Jetzt ist das Wasser knapp. Weil die Sonne viel zu kräftig scheint. Deshalb ist die Erde hart geworden und die Luft zu heiß. Auch in meiner Welt gibt es so etwas.«

»Und was macht ihr dagegen?«, fragte Edda neugierig.

»Leider ist vielen Menschen der Umweltschutz egal«, gab Finja seufzend zu. »Doch die, denen es nicht egal ist, wissen, dass sich die Natur von selbst reparieren kann, wenn man auf sie achtgibt. Es dauert aber oft Jahre, bis alles wieder ins Lot gekommen ist.«

»So viel Zeit haben wir nicht«, grunzte Wulli ungeduldig. »Geht das nicht schneller?«

»In Isella vielleicht schon«, meinte Finja und grinste breit. »Vor allem, wenn man die Wächter über die Elemente kennt.«

Jetzt strahlte auch Eli. Er ging auf das Erdenpferd zu und streichelte Eddas kräftigen Hals. »Könnt ihr Lifri, Wandra und Finbar herbeirufen?«, bat er. »Wenn jemand das Gleichgewicht im grünen Tal wiederherstellen kann, dann ihr. Und bestimmt kommt dann auch meine Familie wieder.«

Mit vereinten Kräften

»Komm, Fairy«, brummelte Edda und streckte ihm den Kopf entgegen. Fairy beugte sich zu ihr. Das sah aus, als wollten die beiden die anderen mit ihren Gedanken rufen. Und wirklich! Lange mussten Finja, Eli und Wulli nicht auf sie warten. Schon kamen die drei anderen Wächterpferde angaloppiert und schienen über alles Bescheid zu wissen. Keines von ihnen zögerte oder stellte Fragen. Stattdessen bildeten sie einen Kreis und berührten sich zuerst mit den Köpfen. Dieses Mal aber schien es, als würden die fünf Wächterpferde nicht nur miteinander sprechen. Finja hatte vielmehr den Eindruck, als bündelten sie ihre Kräfte. Und wirklich schimmerte die Luft kurz darauf golden. Dann sprangen die fünf Pferde auseinander und begannen, im Kreis zu galoppieren. Während die Luft um sie herum golden wirbelte, wieherten die Wächterpferde im Chor:

»Wir sind die fünf, und wir sind da.
Wir machen Isella wunderbar.
Mit Feuer, Wasser, Luft und Erde,
dass Fantasie lebendig werde.«

Kaum waren ihre Worte verklungen, stoben sie auseinander.

Wandra, das Wasserpferd, trabte zum Flussbett und stampfte mit den Vorderbeinen. So lange, bis sich die Erde vor ihr auftat und eine sprudelnde Quelle zum Vorschein kam. Doch die Luft war so heiß, dass das Wasser sofort wieder verdunstete.

»Lifri«, rief Finja deshalb. »Ruf bitte die Wolken, damit sie das Wasser in der Luft aufsammeln und es regnen kann.«

Das Luftpferd, das selbst wie eine Wolke aussah, erhob sich federleicht in die Lüfte. Dabei rief es den Wind herbei, der dicke Regenwolken brachte.

Finbar, das Feuerpferd, scheuchte die Wolken mit seinem knisternden Schweif vor die Sonne, sodass es augenblicklich abkühlte.

»Ah«, schnaubte Edda erleichtert, als bald darauf die ersten Regentropfen fielen. Dann galoppierte sie über den Boden, bis die Erde herrlich locker wurde.

Fasziniert schauten Finja und Eli dem Treiben der Wächterpferde zu. Feuer, Wasser, Luft und Erde fanden wieder in ihr Gleichgewicht. Es fehlte bloß noch ein Fünkchen Magie, um das Unmögliche wahr werden zu lassen, dachte Finja.

Wie aufs Stichwort trat Fairy vor. Er blickte in den Regen und schüttelte die Mähne, sodass ihn ein goldener Schein umgab. Der Schimmer reichte bis hoch in den Himmel – und da entdeckte Finja den Regenbogen. Direkt über ihren Köpfen. Zwischen Regenwolken und Sonnenstrahlen.

»Fairy«, rief sie begeistert. »Das warst du, oder?«

Ihr goldener Freund drehte den Kopf zu ihr und schnaubte: »Wie nach jedem Regen die Sonne folgt, steckt in jeder Fantasie ein wenig Magie. Das ist meine.« Er blickte zum Regenbogen, der in den schönsten Farben schillerte.

Darin lag so viel Hoffnung, dass Finja rief: »Eli! Worauf wartest du noch?«

Also begann der Wiesenelf zu tanzen. Er sprang durch den Sommerregen und verwandelte den matschigen Boden zu Gras. Das Dornengestrüpp zu Sträuchern. Die verdorrten Bäume zu dichten Wäldern. Nach und nach verwandelte sich die Landschaft unter dem Regenbogen in jenes grüne Tal, das es einmal gewesen sein musste. Sogar Bonibanibäume ließ Eli wachsen, und Wulli überschlug sich fast vor Freude.

Der Wiesenelf machte seine Sache so gut, dass schon bald die ersten Vögel am Himmel zurückkamen. Und die Insekten im Gras. Nur von den Wiesenelfen fehlte immer noch jede Spur. Eli tanzte weiter, bis seine Füße schlappmachten, dann ließ er sich erschöpft neben Finja ins Gras plumpsen.

»Edda hatte recht«, murmelte er. »Wir sind zu spät gekommen.«

Mitfühlend sah Finja ihren Freund an. Eli hatte alles gegeben. Das grüne Tal strotzte nur so von neuem Leben. Und das sollte alles umsonst gewesen sein?

Fieberhaft überlegte Finja, was sie noch tun konnten, um Elis Familie zurückzuholen. Da fielen ihr die Wanderblumen ein, und kaum hatte sie an sie gedacht, fingen sie auch schon an zu wachsen und zu singen.

Wulli kam mit einer Bonibani im Maul angelaufen. »Iss«, grunzte er und legte Eli die schillernde Frucht in den Schoß. »Das hat bei mir schon immer Wunder gewirkt!«

Eli seufzte. »Das ist lieb, aber ich habe keinen Hunger«, murmelte er. Als das Wildschön ihn jedoch treuherzig anblickte, tat Eli ihm den Gefallen. Er biss ab. Und verschluckte sich fast. »Da! Bei den Bergen!«

Finjas Blick folgte Elis ausgestrecktem Arm. Zuerst sah sie nur den Regenbogen, der sich langsam an den Rändern aufzulösen begann. Dann entdeckte sie es auch. Etwas bewegte sich vom Berghang auf sie zu.

»Kommt da jemand?«, fragte sie.

»Eine ganz Schar«, grunzte Wulli und schielte beschützerisch zu den Bonibanis rüber.

Eli sprang wie ein Gummiball auf die Beine. »Das sind ja Vater und Mutter! Und meine Geschwister. Meine Freunde … alle Wiesenelfen! Es hat doch geklappt!« Aufgeregt lief er ihnen entgegen, um sie zu begrüßen. Doch die Wiesenelfen sahen Eli bloß misstrauisch an.

Als sie näher gekommen waren, bemerkte Finja, dass die Wiesenelfen auf den ersten Blick alle ziemlich gleich aussahen. Wenn man jedoch genau hinguckte, entdeckte man Unterschiede. Bei manchen Wiesenelfen waren die Grashaare raspelkurz. Andere wiederum hatten ein ziemliches Gebüsch auf dem Kopf. Auf einem Graskopf wuchsen sogar Minibäumchen. Sie hatten die Form einer Krone.

Erstaunt riss Finja die Augen auf. »Ihr seid der König«, rief sie und machte einen kleinen Knicks.

Auch Wulli verneigte sich, und die Wächterpferde nickten erhaben.

Eli hingegen grinste über beide Ohren. »Paps, jetzt weiß ich es wieder! Du hast mich losgeschickt, um

Hilfe zu holen. Deshalb war ich nicht bei euch, als der Vergessenszauber uns verhext hat.«

Der König, der also Elis Vater war, runzelte die Stirn. »Ich habe keine Ahnung, wovon du sprichst«, sagte er.

»Er braucht seinen Namen«, raunte Fairy Finja ins Ohr.

»Ach so.« Sie kicherte verlegen. Vor lauter Aufregung hatte sie glatt vergessen, warum sie überhaupt hier waren. Man traf eben nicht alle Tage auf einen echten König oder war mit einem echten Prinzen befreundet.

Jetzt aber ließ Finja ihre Ideen kommen. Doch es wirbelte bloß ein bunter Buchstabenwirrwarr durch ihren Kopf, und verdutzt runzelte sie die Stirn. »Hä? Das ist aber ein kompli...« Und dann begriff sie. »Ach, so. Ihr Wiesenelfen habt wohl alle so schwierige Namen.« Sie grinste Eli an. »Du bist nämlich nicht der Einzige, dessen Namen sich wie ein Zungenbrecher anhört.«

Der Wiesenelfenkönig räusperte sich verlegen. »Wieso? Wie heiße ich denn?«

»Razifazimarakontabar, genannt König Razifazi«, sagte Finja beinah entschuldigend. »Eure Gemahlin Saoraboralaurifasa, Königin Saora. Und das dort ist euer Sohn.« Sie zeigte auf Eli. »Eliwynokapuroson, genannt Eli.«

»Tja«, grunzte Wulli leise hinter ihr. »Es kann schließlich nicht jeder Wulli heißen.«

Finja kicherte.

»Mein Sohn«, riefen der König und die Königin, als der Bann des Zaubers gebrochen war. »Du hast uns gerettet. Doch was ist passiert?«

Rasch erzählte Eli, was vorgefallen war. Und auch, wie er es mithilfe von Finja, Fairy und den Wächterpferden geschafft hatte, das grüne Tal zum Leben zu erwecken.

»Und was ist mit mir?«, grunzte Wulli beleidigt. »Wenn ich mir nicht so gut gemerkt hätte, wie toll Bonibanis sind, wäre das alles nicht so glattgelaufen.«

»Dann danke ich dir besonders«, sagte Königin Saora und gab Wulli ein Küsschen auf den himbeerfarbenen Rüssel, woraufhin dieser augenblicklich knallrot anlief.

»Grunziwunz!«, quiekte er. »Wenn ich in meinem tiefsten Inneren nicht schon ein Prinz wäre, würde ich mich jetzt glatt in einen verwandeln.«

Alle lachten.

Jetzt begann Finja, auch den restlichen Wiesenelfen ihre Namen zurückzugeben. Es war eine lange, sehr, sehr komplizierte Liste. Doch mit Fairys Unterstützung schaffte sie es.

Erst danach erzählte Elis Vater, dass sie in die Berge aufgebrochen waren, um nach Wasser zu suchen. Im grünen Tal hatte es ja bis vorhin keines mehr gegeben.

»Wir hatten großen Durst und Hunger. Und wir wussten nicht, welche Gabe wir besitzen. Doch dann haben wir den Regenbogen gesehen und gespürt, dass er uns retten würde. Also sind wir ihm gefolgt. Er war unsere letzte Hoffnung!« Er machte eine Faust. Als er sie wieder öffnete, lag ein rotbackiger Apfel darin. »Für dich«, sagte König Razifazi dankbar zu Fairy und ließ noch vier weitere Äpfel erscheinen, die er Edda, Lifri, Wandra und Finbar schenkte.

»Wir haben unsere Gabe wieder«, verkündete der Wiesenelfenkönig feierlich. »Unsere Bestimmung! Isella wird also wieder wachsen, dem Zauber zum Trotz – wer auch immer ihn heraufbeschworen haben mag. Und deshalb wird jetzt erst einmal gefeiert!«

Der Mittenbaum

Kaum hatte König Razifazi das Fest angekündigt, wurde es im grünen Tal hektisch. Staunend guckte Finja zu, wie die Wiesenelfen allerlei Köstlichkeiten wachsen ließen. Nicht nur Bonibanis. Auch andere Früchte. Bald schwirrte ihr der Kopf, so vieles gab es zu entdecken – und so vieles zu benennen.

Zum Glück kam die Erinnerung der Wiesenelfen durch die ausgelassene Stimmung immer mehr zurück.

Eli brachte ihr eine Holzschüssel mit einer grünlichen Flüssigkeit darin und meinte: »Probier mal! Das ist Gräserbrause. Total lecker! Die trinke ich am liebsten.« Und im nächsten Moment rief er überrascht: »He, das hab ich gar nicht gewusst!«

Lachend kostete Finja von dem Getränk und stellte fest, dass sie Gräserbrause auch sehr mochte. Ein bisschen schmeckte sie nach Zitronenmelisse und Honig.

Das Fest dauerte ziemlich lange. Bis weit nach Mitternacht.

Das wusste Finja deshalb so genau, weil der Mond irgendwann vom Himmel donnerte: »So, ihr da unten! Jetzt wird aber geschlafen. Zeit, in eure Betten zu kriechen. Morgen ist auch noch ein Tag, und ich will endlich ein bisschen Ruhe haben.«

»Ups!« Amüsiert blickte Finja zum Mond hinauf, der ein strenges Gesicht machte. »Er kann ja sprechen!«

»Klar! Er ist der Mond«, sagte Eli, als wäre es das Normalste der Welt.

»Bei uns kann er das nicht«, antwortete sie. »Aber es ist schön zu wissen, dass er es hier kann. Es ist, als würde der Mond auf uns aufpassen.«

»Tut er ja auch«, meinte Eli gähnend. »Auch wenn er ganz schön streng ist. Ständig will er, dass man rechtzeitig ins Bett geht.«

»Wo schlaft ihr eigentlich?«, fragte Finja neugierig. Bisher hatte sie noch kein einziges Haus im grünen Tal gesehen.

Als Antwort zeigte Eli nach oben. Im Schein des Mondlichts erspähte Finja unzählige Baumhäuser. Sie versteckten sich in den Bäumen. Und zwar so geschickt, als bestünden sie selbst aus Wurzeln, Ästen und Blättern …

Finja grinste. »Lass mich raten. Ihr habt sie mitwachsen lassen, stimmt's?«

Als Eli nur mit den Schultern zuckte, lachte sie. »Ich werde mich wohl nie an diese kleinen und großen Wunder gewöhnen, die hier ständig geschehen. Alles ist so fantastisch!«

»Warte, bis du mein Zimmer siehst.« Eli ließ eine Strickleiter aus Schlingpflanzen zu ihnen hinunterwachsen. »Nach dir«, sagte er grinsend.

So gelangten sie in das königliche Baumhaus. Elis Zimmer befand sich in einem der unzähligen Türmchen, die aus der Baumkrone ragten. Der Blick, den Finja von ihrem Moossofa aus hatte, war in der Tat atemberaubend. Es war, als läge ganz Isella ihnen zu Füßen. Überall glitzerte und schimmerte es. Manche der Bäume konnten bei Nacht nämlich leuchten. Wie Straßenlaternen. So wurde es nie ganz dunkel hier. Sogar die Sterne funkelten heller als zu Hause. Ganz zu schweigen vom Mond, dessen Milchgesicht silbern strahlte.

So konnte Finja auch Fairy sehen. Er graste mit den anderen Wächterpferden nahe dem Wiesenwasser. Wulli hingegen schlief schon unter einem Bonibanibaum.

Auch die anderen Wiesenelfen gingen nun zu Bett.

Bald wurde es im grünen Tal still und friedlich. Nur Finjas Gedanken kamen nicht zur Ruhe.

»Was ist, wenn der Zauberer zurückkommt?«, murmelte sie zu Eli hinüber, der sich schon unter seiner Decke zusammengerollt hatte. »Ich kann nicht ewig bleiben. Auch wenn es hier noch so schön ist, muss ich irgendwann nach Hause. Was passiert dann mit euch? Und mit den anderen aus Isella? Wer beschützt euch vor dem Vergessen, wenn ich nicht da bin?«

Es war nicht Eli, der antwortete. Sondern der Mond, der zum Turmfenster hineinsah. »Wer tuschelt hier noch so spät? Jetzt wird aber geschlafen, wertes Fräulein. Lass deine Gedanken einfach ruhen, damit die Nachtweber sie für dich entwirren. Wenn du nicht schläfst, können die Nachtweber nichts ausrichten. Und das willst du nicht, oder?« Er zwinkerte Finja väterlich zu. »Wo sie doch beinah jedes Problem lösen. Also, gute Nacht!« Er zog den Kopf wieder aus dem Fensterrahmen, sodass es dunkel wurde, und ließ eine ziemlich verdutzte Finja zurück.

»Hab ich doch gesagt, dass der Mond total streng ist«, nuschelte Eli leise, ehe er im nächsten Moment auch schon einschlief.

Auch Finja fielen nun die Augen zu, sodass sie Eli nicht mehr fragen konnte, wer die Nachtweber waren. Doch sie träumte von flirrenden Wesen, die wie silberne Feen aussahen. Sie entwirrten alle sorgenvollen Gedanken, die die Bewohner von Isella vor dem Einschlafen mit sich trugen. Auch die von Finja.

Am nächsten Morgen überraschte es Finja daher kein bisschen, dass sie herrlich ausgeschlafen war. Im Thronsaal des königlichen Baumhauses wartete das Frühstück auf sie. Elis Eltern und seine Geschwister saßen schon am Tisch.

»Guten Morgen«, rief der Wiesenelfenkönig, als Finja und Eli sich zu ihnen setzten. »Da ist ja unsere Gardiella! Mit dir wollte ich ohnehin reden. Ich habe mich gefragt, ob du nicht unser Ehrengast im grünen Tal werden möchtest.« König Razifazi fuchtelte aufgeregt mit dem Buttermesser in der Luft herum. »Wir würden auch einen Turm für dich im Königspalast wachsen lassen. Und deine Freunde wären ebenso willkommen. Hauptsache, du bleibst.«

»Das ist sehr nett«, sagte Finja aufrichtig. »Doch ich kann nicht bleiben. Ich muss wieder nach Hause. Außerdem gibt es in Isella noch viele andere, die darauf warten, vom Vergessenszauber erlöst zu werden.«

»Was hab ich dir gesagt!« Königin Saora nickte zufrieden. »Unsere Gardiella ist ein feines Mädchen. Sie denkt an alle, nicht nur an uns.«

»Du hast ja recht.« Der Wiesenelfenkönig seufzte. »Aber was ist, wenn der Vergessenszauber ein weiteres Mal über uns kommt?«

»Darüber habe ich auch schon nachgedacht«, stimmte Finja zu und nippte am Wiesenblumentee. »Zum Glück haben mir die Nachtweber im Traum die Lösung gebracht. Und zwar machen wir es so wie meine Mutter.« Als die Königsfamilie unter ihren Grashaaren sie bloß verdutzt anstarrte, erklärte sie: »Meine Tante Margret vergisst nämlich auch ständig alles. Also hat Mama ihr einfach die wichtigsten Dinge aufgeschrieben. Wenn Tante Margret sich jetzt unsicher ist, kann sie in der Liste nachschlagen.«

»Eine Liste …«, wiederholte Eli nachdenklich. »Für alle Bewohner, denen du ihren Namen schon zurückgegeben hast. Das könnte funktionieren. Die Liste müsste nur für jeden in Isella zugänglich sein.«

»Wie stellst du dir das vor, mein Junge?«, fragte Elis Vater nach. »Isella ist groß! Es würde zu Streitereien kommen, wem die Ehre gebührt, die Liste aufzubewahren.«

»Oder man stellt sie einfach in die Mitte«, schlug Elis jüngste Schwester vor und deutete kichernd auf das große Glas Bonibanimarmelade. Es war Finja schon aufgefallen, dass das Glas am Tisch ganz schön begehrt war. Ständig grapschte eines von Elis Geschwistern danach. Das erinnerte Finja an das Nutellaglas zu Hause. Und an noch etwas anderes …

»Ja, klar!«, rief sie, als es ihr einfiel. »Der Mittenbaum! Er ist wie dafür gemacht!«

Rasch erzählte sie von dem besonderen Baum, den sie auf dem Weg hierher gesehen hatte. Und auch davon, dass er auf sie wie das Herz von Isella gewirkt hatte. »Das ist der fairste Platz, den wir finden können«, erklärte sie.

Das fanden auch der Wiesenelfenkönig und die Wiesenelfenkönigin, und gemeinsam machten sich Finja und Fairy gleich nach dem Frühstück auf den Weg dorthin.

Eli begleitete sie auf Edda. Wulli zauberte sich wieder Flügelohren. Die anderen drei Wächterpferde kamen auch mit.

Selbst der Wiesenelfenkönig ließ es sich nicht nehmen, sie zu begleiten. Er fuhr in einer Kutsche, die von zwanzig flinken Kaninchen gezogen wurde. Als sie den Mittenbaum erreicht hatten, sagte er: »Schreibe bitte deinen Namen zuerst. So wissen alle, dass es Hoffnung gibt, weil es dich gibt!«

Also tat Finja, worum sie der König Razifazi gebeten hatte. Sie suchte sich einen spitzen Stein und ritzte ihren Namen als Erstes in die Tafel. Daneben schrieb sie *Gardiella*.

Es fühlte sich gut an, das aufzuschreiben. Denn das war ihre Bestimmung. Und da wurde ihr etwas klar. Es war nicht nur so, dass sie den Bewohnern von Isella ihre Bestimmung zurückgab. Umgekehrt verhielt es sich genauso! Durch Isella hatte Finja ihre Bestimmung als Gardiella gefunden. Und das war mehr, als sie sich jemals erhofft hatte.

Fairy, der neben ihr stand, schien mal wieder ihre Gedanken zu erraten. Denn er schnaubte leise: »Schön, dass du endlich an dich und deine Gabe glaubst.«

Die Schatulle

Es dauerte, bis Finja alle Namen in die Schieferplatte geritzt hatte. Als sie damit fertig war, war sie mit dem Ergebnis mehr als zufrieden. Klar, die Buchstaben waren etwas krakelig. Sie hatte ja auch keinen Stift fürs Schreiben benutzt, sondern einen Stein. Außerdem wirkte die große Tafel noch ziemlich leer. Doch von Wulli wusste Finja, dass es in Isella viele weitere Wesen gab, die auf ihre Hilfe warteten. So würden sie alle Platz darauf haben. Finjas Bauch kribbelte, als sie daran dachte. Wem sie wohl als Nächstes in Isella helfen würden?

Während sie das fragte, sah sie etwas glitzern. Es steckte in einem Spalt unter der Steintafel und sah aus wie eine Blechdose. Wo kam die denn her?

Entschlossen zog Finja sie heraus. »Das ist ja eine Schatulle!«

Neugierig ließ Eli die Finger über den Deckel gleiten. »So etwas habe ich noch nie gesehen. Es ist hart wie Stein und doch ganz dünn.«

»Das nennt sich Metall«, erklärte Finja. »Bei uns findest du so etwas häufig. Eigentlich ist nichts Besonderes daran.« Und dennoch war es etwas Besonderes, weil die kleine Schatztruhe in Isella war – wo sie eigentlich gar nicht hingehörte.

»Dann ist die Schatulle also aus deiner Welt«, sprach Eli aus, was Finja vermutete.

»Macht sie lieber nicht auf«, warnte der Wiesenelfenkönig. »Die Schatulle könnte vom Zauberer sein.«

Doch Finjas Finger waren schneller. Schon hatten sie den kleinen Haken gelöst und den Deckel aufgeklappt. Wenn sie recht hatte und die Schatulle wirklich aus ihrer Welt kam, musste sie einfach wissen, was drin war. Vor allem, woher sie kam! Vielleicht hatte sie ja etwas mit der alten Gardiella zu tun. Und selbst wenn sie vom Zauberer käme, würden sie so etwas über ihn erfahren.

Gemeinsam starrten Eli und sie ins Innere der Schatulle. Auch Fairy, Edda, Wulli und die restlichen drei Wächterpferde guckten gespannt hinein.

Nur König Razifazi blieb bei seinen Kaninchen. »Und?«, rief er. »Was ist drin?«

»Ein Brief«, murmelte Finja. Zumindest sah das alte Papier ganz danach aus. Es war ordentlich zusammengefaltet. Auf einer der Faltflächen stand in schnörkeliger Handschrift: *Für die Gardiella*.

»Der ist ja für mich!«, sagte Finja erstaunt.

»Würde ich auch so sehen«, grunzte Wulli oberschlau. »Du bist die einzige Weltenbauerin hier. Grunziwunz, worauf wartest du noch! Lies ihn endlich!« Neugierig grinste er unter seinen bunten Wildschönborsten.

Das ließ Finja sich nicht zweimal sagen. Mit zittrigen Fingern faltete sie das Papier auseinander und begann zu lesen:

Liebe Gardiella,

wenn du diese Zeilen liest, macht mich das überglücklich. Denn das bedeutet, dass Isella eine neue Gardiella bekommen hat.

Dazu musst du wissen, dass ich Isella als Kind gefunden habe. Vielleicht war es auch andersrum – und Isella hat mich gefunden. Wer weiß das schon so genau. Jedenfalls wartete hinter dem Wasserfall ein Land auf mich, das mit meiner Fantasie lebendig gemacht werden wollte. Und das tat ich auch – viele Jahre lang. Ich lernte die herrlichsten Geschöpfe kennen, gab ihnen Namen, und viele von ihnen wurden meine Freunde. Vor allem aber erlebte ich in Isella die fantastischsten Abenteuer, die man sich nur vorstellen kann.

Irgendwann aber spürte ich, dass meine Zeit gekommen war. Mein Körper wurde alt und meine Ideen ebenso. Ich konnte Isella nicht mehr die Fantasie geben, die es braucht, um lebendig zu bleiben. Leider gibt es heutzutage nicht mehr viele Kinder, die genügend Fantasie besitzen, um an das scheinbar Nichtsichtbare zu glauben. Man braucht einen besonderen Blick, um die kleinen und großen Wunder wahrzunehmen, die ständig vor unserer Nase geschehen. Doch das muss ich dir gar nicht erklären. Das weißt du ja alles schon selbst, sonst wärst du niemals nach Isella gelangt.

Achte also gut auf meine Freunde und mache sie auch zu deinen Freunden. Es ist ein großes Abenteuer, Isellas Weltenbauerin zu sein. Vor allem aber eine große Freude.

Deine M.

Etwas enttäuscht ließ Finja den Brief sinken. Viel Neues stand ja nicht grade drin. Was hatte sie auch erwartet? Eine genaue Anleitung, wie sie den bösen Zauberer besiegen konnten?

Doch als Finja den Brief noch einmal las, entdeckte sie darin eine überaus wichtige Botschaft. Denn nun wusste sie, dass der Zauberer gar nichts mit dem Vergessen in Isella zu tun hatte. Mehr noch. Es gab ihn überhaupt nicht. Die Gardiella war einfach alt geworden. Und vermutlich auch etwas vergesslich. Wie Tante Margret.

»Moment mal!« Verblüfft starrte Finja auf die Zeilen.

»Was ist?«, fragte Eli.

Finja tippte auf das M. am Ende des Briefes und sah Wulli unverwandt an. »Hast du nicht gesagt, dass in Isella alles miteinander verbunden ist? Auch die Gardiella?«

»Ja, schon«, meinte Wulli grunzend. »Es ist schließlich die Fantasie der Gardiella, die Isella ausmacht.«

»Krass!«, stöhnte Finja. »Dann kann das hier kein Zufall sein!« Sie dachte an den Gesang der Wanderblumen, der so klang wie ihr Windspiel. An die geheimnisvollen Bilder im Waldhaus, die Tante Margret gemalt hatte. An die Aufforderung, die Abalonfarm zu besuchen, wo zufälligerweise Fairy stand … Und dann natürlich an das M. am Ende des Briefes.

»Ich muss nach Hause! Wenn ich richtigliege, weiß ich jetzt, wer die alte Gardiella ist. Es ist gar kein Zauberer schuld am Vergessen.«

»Wie? Kein Zauberer?!«, rief der Wiesenelfenkönig verdattert.

»Bist du sicher?«, wieherten Lifri, Finbar und Wandra.

»Kein bisschen.« Finja kicherte nervös. »Aber es könnte die Antwort darauf sein, warum wir den Zauberer nicht finden können. Deshalb muss ich ja zurück. Danach weiß ich mehr.« Sie sah Fairy an. »Kannst du mich durchs Perlentor bringen?«

Der Goldpalomino nickte. »Natürlich! Spring auf!«

»Oje, beinahe hätte ich es vergessen«, rief sie erschrocken. »Der Sattel und das Zaumzeug liegen ja noch auf der Lichtung. Wenn wir ohne sie zurückkommen, wird Mister Hank ganz schön viele Fragen stellen.«

»Dann hole ich sie besser mal«, grunzte Wulli. »Jetzt, wo ich Flügelohren habe, bin ich schnell wie der Blitz!« Vergnügt flatterte er davon und kam kurze Zeit später mit den Sachen wieder. Bei dem Anblick musste Finja grinsen. Wulli sah aus wie ein gesatteltes Dressurwildschön.

»Ich komme bald wieder«, sagte sie, nachdem sie Fairy fertig gemacht hatte, und sah ihre Freunde an. »Versprochen!«

»Dann warten wir auf dich, ebenso versprochen«, grunzte Wulli. »Ohne uns wärst du in Isella ja völlig aufgeschmissen.«

»Das sagst du bloß, weil du scharf auf ein neues Abenteuer bist«, sagte Eli grinsend.

»Logo«, grunzte Wulli. »Ihr etwa nicht?«

Da lachten alle, obwohl es Zeit war, Abschied zu nehmen.

»Dann mal los, Gardiella«, forderte der Wiesenelfenkönig sie auf. »Je schneller du durchs Perlentor reitest, umso schneller kommst du zurück. Denn vergiss nicht: Isella braucht dich und deine Fantasie.«

Zurück durchs Perlentor

Seltsam, dachte Finja, als sie durch den Wasserfall ritten. Nicht wegen des Blitzes und der Schwerelosigkeit in den Beinen. Vielmehr kam ihr alles anders vor, obwohl sie sich nun wieder in ihrer Welt befanden. Die Luft, die Sonne, die Geräusche, keine fliegenden Inseln …

»Finjaaa!«, schrie jemand gegen das Wasserfallrauschen an.

»Das ist Mister Hank«, rief sie. »Wir beeilen uns besser, ehe er hierherkommt. Nicht, dass er auch noch in Isella landet.«

Als Fairy keine Antwort gab, wurde Finja klar, dass er sie in ihrer Welt zwar verstehen, jedoch nicht sprechen konnte. »Schade«, seufzte sie. »Ich hatte mich schon so dran gewöhnt. Doch zum Glück verstehen wir uns auch so.«

Fairy brummelte zustimmend. Rasch bogen sie um die Ecke, und ein aufgeregter Mister Hank kam ihnen entgegen.

»Da seid ihr ja!«, rief er. »Hör mal, beim Ausreiten musst du immer in der Gruppe bleiben. Das ist wichtig!«

»Verstanden«, sagte Finja und nickte erleichtert. Anscheinend hatte Wulli die Wahrheit gesagt. Denn als sie Mister Hank zurück zu den anderen folgte, standen sie immer noch an derselben Stelle. Es war also wirklich wenig Zeit in ihrer Welt vergangen, während sie in Isella eine Fülle von Abenteuern erlebt hatte.

»Das nächste Mal passe ich besser auf«, versprach Finja und reihte sich ganz hinten wieder ein. »Fairy war bloß durstig. Er wollte kurz trinken, das ist alles.« Sie grinste verlegen, als Mister Hank die Stirn runzelte.

»Trinken?«, brummte er. »So etwas ist mir zwar noch nie passiert, aber Fairy ist nun mal ein besonderes Pferd. Hauptsache, ihr beide seid wohlauf.«

Dann ging der Ausritt weiter, als wäre nie etwas geschehen. Na ja, nicht ganz. Ruby konnte sich eine bissige Bemerkung natürlich nicht verkneifen.

»Na, ein paar Nixen am Wasserfall gesehen?«, fragte sie feixend.

Finja grinste. Wenn du wüsstest, dachte sie.

Zurück im Stall, brachte Finja Fairy in seine Box. Es fühlte sich nicht richtig an, ihn hier einzusperren. In Isella war er schließlich immer frei gewesen. Bestimmt sehnte er sich schon jetzt nach seinem Zuhause.

»Morgen reiten wir wieder nach Isella«, versprach

sie ihm deshalb und küsste ihn zum Abschied auf die Nüstern. »Ich finde einen Weg, dass Mister Hank uns lässt. Aber vorher muss ich dringend mit Tante Margret sprechen.«

Fairy schnaubte zur Antwort, und da wusste Finja, dass es in Ordnung war. Also rannte sie los. Der Weg durch das Wäldchen war kurz. Bald hatte sie das Waldhaus erreicht.

Tante Margret saß wie immer in ihrem Schaukelstuhl. Mama war in der Küche und bereitete den Nachmittagstee vor. Das war gut, denn so konnte sie in Ruhe mit Tante Margret reden.

»Ich bin in Isella gewesen«, sprudelte es auch schon aus ihr heraus, noch ehe sie sich auf den Stuhl neben Tante Margret fallen ließ. »Fairy hat mich durch den Wasserfall gebracht. Weil ich die neue Gardiella bin. Deshalb habe ich auch den Brief gefunden. Den hast du geschrieben, stimmt's?«

Erwartungsvoll blickte sie Tante Margret in die Augen, doch diese schüttelte bloß verwirrt den Kopf. »Liebes, wovon redest du?«, fragte sie. Dann wandte sie den Kopf ab und blickte auf die Blumen im Garten, wie sie es so oft machte.

Enttäuscht ließ Finja die Schultern sinken. Es würde nichts bringen, Tante Margret auszuquetschen, wenn sie einen ihrer schlechten Tage hatte. Wie gern hätte Finja ihr Wanderblumen geschickt. Ihr Gesang hätte Tante Margret bestimmt aufgeheitert. Da hatte Finja eine Idee. Hastig sprang sie auf und rannte nach oben in ihr Zimmer. Mit dem Windspiel in der Hand kam sie wieder zurück und hängte es an den Haken, an dem es schon früher gehangen hatte – bevor Tante Margret es ihr geschenkt hatte.

Es dauerte nicht lange, und das Windspiel fing zu klingen an.

Klingel-klangel-kling machte es, während die Fee die bronzefarbenen Röhren tanzen ließ. Und schon war es, als würden die Wanderblumen für sie singen.

Erleichtert seufzte Finja auf. Wieder einmal schaffte es das Windspiel, sie aufzumuntern. Irgendwann würde Tante Margret einen guten Tag haben, dachte sie. Und dann würde Finja sie einfach alles fragen.

»Oh«, machte Tante Margret und drehte abrupt den Kopf. Dabei war es, als würde sie aus einer Art Erstarrung erwachen. »Höre ich da etwa Wanderblumen? Wie überaus schön!«

In dem Moment kam Mama heraus. »Wovon redest du?«, fragte sie. »Wanderblumen gibt es nicht. Zumindest kenne ich keine. Kommt lieber rein, der Tee ist fertig.«

»Ja, gleich«, rief Finja und wartete, bis Mama wieder verschwunden war. Dann sah sie ihre Tante neugierig an. »Also doch«, flüsterte sie. »Du bist die Gardiella gewesen. Und deshalb hast du mich auch zu Mister Hank geschickt, damit ich auf Fairy treffe, stimmt's?«

Doch so schnell der Moment gekommen war, verschwand er auch wieder, und in Tante Margrets Gesicht schlich sich erneut dieser verlorene Ausdruck.

»Mach deiner Tante eine Freude und hilf mir aus dem Schaukelstuhl«, sagte sie. »Jemand hat etwas von Tee gesagt. Ich könnte jetzt ein Schlückchen vertragen.« Sie streckte ihre Hand aus. Als Finja danach griff, um Tante Margret hochzuziehen, huschte ein Lächeln über ihr faltiges Gesicht. »Und du siehst so aus, als könntest du ebenso eine Tasse vertragen«, schmunzelte sie. »Denk immer daran: Morgen ist auch noch ein Tag. Schließlich folgt nach jedem Regen wieder Sonnenschein. Und mit ein bisschen Glück sogar ein Regenbogen.« Tante Margret tätschelte Finja die Hand, ehe sie ins Waldhaus ging.

Verblüfft sah Finja ihr hinterher. Hatte Tante Margret sich jetzt etwa doch erinnert? Oder waren ihre Worte bloß Zufall gewesen?

Wie auch immer, dachte Finja. Tante Margret hatte recht.

Morgen würde ein neuer Tag beginnen – und somit ein neues Abenteuer in Isella!

Die Liste am Mittenbaum

Finja – Gardiella
Fairy – Wächterpferd über die Fantasie
Finbar – Wächterpferd über das Feuer
Wandra – Wächterpferd über das Wasser
Lifri – Wächterpferd über die Luft
Edda – Wächterpferd über die Erde
Wulli – Wildschön mit magischen Borsten
Wiesenelfen – Hüter der Pflanzen im grünen Tal
Eli – Wiesenelf
König Razifazi – Wiesenelfenkönig
Königin Saora – Wiesenelfenkönigin

Würdest du auch am liebsten sofort wieder nach Isella reiten?

Dann verpasse nicht das zweite Abenteuer!
Finja und Fairy – In der Stadt der Flimmerfeen

Leseprobe aus Band 2

»Hallo, Eli!« Finja winkte ihrem Freund zu. Der Wiesenelfenjunge war gerade damit beschäftigt, einen Jungwald von Bonibanibäumen wachsen zu lassen.

Doch Eli war so konzentriert, dass er sie nicht bemerkte. Auch die anderen Wiesenelfen machten angespannte Gesichter. Schützend hielten sie ihre Hände über die Erde.

Neugierig schwang Finja sich von Fairys Rücken. Es war jedes Mal spannend, den Wiesenelfen bei der Arbeit zuzusehen. Mit ihren bloßen Händen konnten sie alle Pflanzen wachsen lassen. Sonst war das eine Leichtigkeit für sie. Aber jetzt gerade schien das nicht so zu sein. Vorsichtig trat sie näher. Da erkannte Finja, was los war. Die kleinen Bäumchen steckten ihre roten Palmenköpfchen zwar aus der Erde, doch ganz hinaus wollten sie nicht.

»Was haben sie denn?«, fragte Finja verblüfft.

Überrascht hob Eli den Kopf. Dabei wippte sein grünes Grashaar im Wind. »Du bist wieder da!« Der Wiesenelfenjunge hob die Hände zur Begrüßung. Das nutzten die Bonibanibäumchen und krochen zurück in die Erde. »Keine Ahnung, was sie haben.« Eli seufzte. »Irgendetwas scheint die Bonibanibäumchen zu stören.«

Kaum hatte der Wiesenelf das gesagt, fegte ein kräftiger Wind über ihre Köpfe hinweg, und es krachte donnerlaut am Himmel.

Erschrocken sah Finja nach oben. Über ihnen waren plötzlich viele dunkle Wolken. Dazu wehte ein bitterkalter Wind. Und war das etwa eine Schneeflocke, die da heruntersegelte?

»Seltsam«, murmelte Eli. »Im grünen Tal scheint sonst immer die Sonne. Kein Wunder, dass die Bäumchen bei diesem Wetter nicht rauskommen wollen.«

Besorgt kamen jetzt auch Wulli und Fairy angelaufen.

»So ein Gruselwetter«, beschwerte sich das Wildschön. »Da werden die Bonibanis ja nie reif!«

Während Finja sich an Fairys warmen Körper

schmiegte, schnaubte er: »Wir sollten meine Familie rufen. Irgendetwas stimmt mit dem Wetter nicht.«

»Vor allem mit dem W-w-wind«, schlotterte Wulli, und seine Minizähnchen klapperten vor Kälte.

Fairy hob den Kopf. »Ich glaube, sie kommen schon!« Erwartungsvoll blickte er in die Ferne. Tatsächlich galoppierte ein imposantes Pferd auf sie zu. Sein Fell hatte die Farbe von frischem Herbstlaub. Es war Edda, das Erdenpferd. Sie gehörte wie Fairy zu den fünf Wächterpferden in Isella. Deren Aufgabe war es, über die fünf Elemente zu wachen: Feuer, Wasser, Luft, Erde und Fantasie!

Eli strahlte, als Edda vor ihnen zum Stehen kam. Als Wiesenelf war er genauso erdverbunden wie sie, und die beiden waren gute Freunde.

»Du kommst genau richtig«, begrüßte Eli die kräftige Stute. »Aber wo sind die anderen drei?«

»Deshalb habe ich euch gesucht«, brummelte Edda und sah Fairy besorgt an. »Ich kann Lifri, Finbar und Wandra nicht spüren. Du etwa?«

Fairy, der der Wächter über die Fantasie war, schüttelte seine goldene Mähne. »Ich auch nicht«, sagte er verdutzt.

»Vielleicht sind sie ja am Königsblausee«, überlegte Edda. »Er liegt sehr verlassen. Manchmal gehen wir dorthin, wenn wir unsere Ruhe haben wollen. Vielleicht erreichen wir sie mit unseren Gedanken deshalb nicht.«

Sofort kletterte Finja auf Fairys Rücken. Und Eli nahm auf Eddas Platz. Zum Glück beruhigte sich der Wind etwas, sodass Wulli mit seinen Flatterflügeln mithalten konnte. Gemeinsam machten sie sich auf die Suche.

»Der Königsblausee ist aber wirklich weit weg«, schnaufte Wulli über ihren Köpfen. Sie waren schon eine ganze Weile unterwegs. Doch Edda machte keine Anstalten zu halten. Der Wind blies nun wieder kräftiger. Wulli musste ganz schön dagegen anflattern. »Sind wir bald da?«, jammerte er, als er von einer Böe durchgeschüttelt wurde.

»Ich hab doch gesagt, dass der See versteckt liegt«, erklärte Edda. »Hinten bei den Polterbergen.«

»Grunziwunz!« Prompt landete das Wildschön vor

ihren Hufen, sodass Fairy und Edda nichts anderes übrig blieb, als ebenfalls anzuhalten. »Die Polterberge sind total gefährlich«, grunzte er empört. Ständig rumpeln dort Felsbrocken runter, weil sie keine Ruhe geben können.«

»Die Berge sind lebendig?«, fragte Finja überrascht. Dann jedoch lachte sie. In Isella war eben alles möglich.

»Vielleicht hast du recht«, überlegte Edda und legte ihren kräftigen Kopf schief. »Bei diesem Wetter ist es wirklich keine gute Idee, zum Königsblausee zu gehen. Wenn wir nur wüssten, warum die Winde so verrücktspielen.«

Wulli quiekte aufgeregt. »Die Winde! Um die müssen wir uns als Erstes kümmern. Sie sind in der Himmelsstadt zu Hause. Dort müssen wir hin!«

»Himmelsstadt?«, wiederholten Finja und Eli neugierig. »Wo ist das?«

»Das ist ja das Dumme!« Wulli ließ die Flatterohren hängen. »Niemand weiß das.«

Leseprobe aus Band 2

Bisher von Ellie Mattes erschienen:

Ponyschule Tippelwick – Hörst du die Ponys flüstern? (Band 1)
Ponyschule Trippelwick – Ein Einhorn spricht nicht mit jedem! (Band 2)
Ponyschule Trippelwick – Schiefer die Ponys nie singen (Band 3)
Ponyschule Trippelwick – Ponys flunkern nicht (Band 4)
Ponyschule Trippelwick – Da lachen ja die Ponys (Band 5)
Ponyschule Trippelwick – Hörst du die Ponys flüstern? + Ein Einhorn spricht nicht mit jedem (Doppelband 1 + 2)
Ponyschule Trippelwick – Meine Freunde
Milan – Das Geheimnis der Wildpferde
Finja und Fairy – Der Zauber des Vergessens (Band 1)
Finja und Fairy – In der Stadt der Flimmerfeen (Band 2)
Finja und Fairy – Das Lied der Nixen (Band 3)

Ellie Mattes wuchs auf einer wilden Farm zwischen vielen Tieren auf, mit denen sie schon als Kind die spannendsten Abenteuer erlebte. Nach der Ausbildung zur Sozialpädagogin begann sie, für Kinder und Jugendliche zu schreiben und lebt nun mit ihrer Familie und zwei Eseln in einem Häuschen mitten im Wald.

Alina Brost ist in Augsburg geboren und aufgewachsen. Sie träumt schon seit Kindertagen von einem Pony im eigenen Garten und würde am liebsten gar nicht in der Stadt wohnen, sondern in einem verwunschenen Wald. Nach ihrem Design-Studium illustriert sie magische Welten und Wesen für Kinderbücher.